異世界で創造の料理人してます 1

ALPHA LIGHT

舞風慎
Maikaze Shin

アルファライト文庫

エディル・ルイス
シンの店をたびたび訪れる
自称・食通の兵士。
フドウ シン
地球から
異世界にやってきた
若き料理人。
エリ
狐族（きつねぞく）の女の子。
シンと出会い、
店で働くことになる。

眼帯の男

馬車で荷を運んでいて
シンと出くわした
気のいい商人(?)。

スズヤ・エリカ

若い見た目に反して
かなりの実力を持つ
冒険者兼料理人。

ツキノ・カオル

冒険者ギルドの受付嬢。
公私で性格にギャップあり。

Isekai de Sozo no Ryorinin Shitemasu.

CHARACTER

1

「異世界人様。私の世界に招待します」

どこからか女性の声が聞こえた。

俺は、今日の仕事を終えて自分の部屋で眠っていた。仕事は調理師。自分の店を持ち、そこで料理長として働いている。

名前は不動慎と言う。年齢はまだ二〇歳だ。この歳で料理長というのは我ながらおかしいと思うが、両親が「何でも挑戦だ」と店を建ててくれた。

まあ、両親が金持ちだからこんなことができるのだろう。俺はあまりその金には頼りたくなかったが、自分で自分の店を経営してお金を稼げるのは、それはそれで良かった。

さて、話を戻すが、さっきの声はなんだったのだろうか？ 「異世界に招待します」。そんな風に聞こえた。

どうせ夢だろうと決めつけ、ふかふかのベッドで二度寝しようとしたその時、急に地面に落ちた。痛い。変な落ち方をして腰を思いっきり強打する。さすがにもう寝ているわけにもいかず、重たい瞼を開けた。

まず最初に目にしたのは、木だった。それも何本もの。即ち、ここは森の中だ。

あまりの出来事に腰の痛みのことなど忘れていた。夢だろう。思いっきり頬をつねる。

つねりすぎて頬が痛くなった。

ここにきて、俺は異常なことが起きたのを悟った。

「私の世界に招待します」

あの女性の声の意味をようやく理解した。決して夢ではない。その証拠に、痛みがある。

何より、今触っている地面がひんやりとしていて、これが夢ではないとはっきりした。

ガサゴソ。

急に右側の草木が揺れた。俺はそちらを観察する。

何かいる。そんな感覚がある。これが異世界だからなのかはわからないが、何となくそう感じるのだ。

出てくるのがもしモンスターだった場合、俺は死ぬ。だって武器を持っていない。格好は……あれ？　何故かしっかり防具だけはつけていた。革で出来た簡単なものではあるが、ちゃんとつけている。

異世界に無理やり連れてこられたから、サービスの一環としてつけられたのだろうか。

だったら、武器ももらいたかった。

ガサゴソ。

音がどんどん近くなってくる。もうまもなく来ることは確実。

格闘技など知らないが一応、手をグーにして空手(からて)みたいな構えをしてみる。あまりにも不慣(ふな)れで変な格好だが、何もやらないよりマシだ。

ガサッ。

音の正体が出てきた。それは手に短剣を握(にぎ)り、俺と同じく革の防具をつけた女性だった。

女性は俺の格好を見ると、哀(あわ)れんだ目をしてにっこりと笑った。

やめてくれ、やりたくてやったのではない。しょうがないではないか。今日まで料理一筋(ひとすじ)。高校時代も運動はいまいちだった。恥(は)ずかしい。恥ずかしすぎる。

俺はすぐに構えを解(と)く。まともに相手の顔を見られない。一瞬見たあの哀れみの目を思い出すだけで、俺のハートはグサグサと傷つけられる。

「冒険者ですか？」

「一応……そうなります」

相手から声をかけてくれたので無難(ぶなん)に答えておく。目は合わせてないが……

女性はフフと笑う。多分思い出し笑いだろう。

やめてくれ、もうＨＰは残っていない。俺の精神ＨＰ。

「新人さん……ですね？　構えでそうわかります。それにしても面白い格好でした。見た時は変態だと思いましたよ」

「そ……そうですか……」

俺の精神ＨＰはついに０になった。ああ、俺の心に癒えない傷が出来た。

「あっ。申し遅れました。私はスズヤ・エリカと申します。冒険者の格好をしていますが、本業は料理人をしています」

「料理人‼」

「は……はい」

思わず料理人という言葉に反応してしまった。同じ料理人だからこそ反応してしまったのだ。

「もしかして……あなたも料理人ですか？」

「はい。私も料理人です。今は自分の……」

そこで言葉が出なくなった。今、自分の店は無いのだ。店があるのは地球だ。ここではない。

そもそも何故、俺はここにいる。勝手に招待されて連れてこられた。俺は、地球で料理を作り提供する、それで満足だったのに。

「どうか……されました？」

急にしゃべらなくなった俺を心配して、スズヤさんが声をかけてきた。

「大丈夫です」

俺はそうひと言だけ答える。

ここで俺は、まだ名前を告げていなかったことに気づいた。

「あ……まだ、名前を言っていませんでしたね。俺の名前はフドウシンと言います。よろしく」

「こちらこそ、よろしくお願いします」

何がよろしくなのか知らないが、お互い礼をする。ただの自己紹介だ。何かお見合いみたいな感じになったが、もう一度言おう。ただの自己紹介だ。

「それで……シンさんはどうしてこの森の中に？　武器も持たないで危ないと思いますが……」

痛いところをつかれた。正直に異世界から来たと言うのもいいが、異世界人と知られるだけで危ないような気がしたので、ここは嘘をつくことにした。

「それが……覚えていないんです。名前と料理人だったことは覚えているのですが……それ以外は何も」

「記憶……喪失ですか……」

俺の言葉を聞いたスズヤさんは、思惑通りそう判断してくれた。

嘘をつくのはよくないが、俺はこの世界のことを何も知らない。

この世界に来た時点で、俺はもう生き残るために動かなくてはいけないのだ。それには嘘をついて情報を集めることも必要だ。

「どこに住んでいたのかも忘れています？」

「はい……名前と料理人だったこと以外は……」

「そうですか……それじゃあ、まずは街に行きましょう。そしたら何かわかるかもしれません。一緒に行きましょう」

そう言ったスズヤさんは俺の手を取って、森を進んでいく。

多分スズヤさんは優しい人なのだろう。見ず知らずの俺を放っておくことなく、一緒に街に連れて行ってくれている。はじめに出会ったのがスズヤさんで本当に良かった。

俺たちは脇目も振らずひたすら進む。森を出たら草原になり、すぐそこに街が見えた。モンスターとの遭遇は未だにゼロ。多分、スズヤさんが気を回して避けてくれているのだろうと勝手に思う。

未だに手を引いてもらっている。どこか恥ずかしい気もするが、スズヤさんは気にしてないようで、俺はそんなことを思う自分が恥ずかしい。

街まで一直線に歩き、大きな門に着いた。立っていた門番に、スズヤさんは冒険者のギルドカードというものを見せる。俺は何も持っていなかったので、お金を払うことで入れてもらった。

もちろん俺はこの世界のお金など持っていない。スズヤさんが出してくれたのだ。本当にありがたい。

街の中は活気に満ち溢れていた。大通りを歩いている人は様々。俺と同じ人間もいれば、髪の上に耳が生えている獣人族、耳が長く、なおかつ綺麗な容姿のエルフなどもいる。どうやら、この街には差別というものは無いらしい。いや、まだ、そうと決めつけてはいけないが、見た感じではそうだった。

「あ……すみません。ずっと握っていました……」

街に入ってやっと、スズヤさんは俺の手を離す。

名残惜しい気持ちもあるが、長い間つながっていたためドキドキな気分を楽しめて満足だった。しかも、スズヤさんがこちらを見て顔を赤くしながら言うもんだから、勘違いしそうだ。

「いえ、大丈夫です。それより、連れて来てくれてありがとうございます」

俺は見え隠れする気持ちを隠すように、ここも無難にお礼を言う。思えば、出会った時にあんな滑稽な姿をさらした俺のことを好きになるわけもなく、諦めた。

ああ、思い出しただけでまたもや精神が削られる。

「なにか……思い出しましたか……？」

「……ごめんなさい。わからないです」

「そうですか」

彼女は俺の言葉を聞いて残念そうにする。嘘をつくということに、ここまで罪悪感があるとは思わなかった。ごめんなさい、スズヤさん。

それはそうと、ひと通り街の様子を見て気づいたことがある。

料理を出す店が多いのだ。右手に料理の店、左手に料理の店。先に進むとまた料理の店と……どこもかしこも料理の店が立ち並ぶ。しかも、どの店にも多くの客が入っている。

「スズヤさん、この街は料理の店が多いんですね」

「それは当たり前です。この街は料理の街と言われる、いわば料理の聖地なのです。これは常識なのですが……それまで忘れているとなると……」

スズヤさんがブツブツと何か呟き始めた。

その内容も気になるが、俺としてはここの料理に興味がある。異世界の料理とはどんな物なのか知りたい。

「シンさん……シンさん!!」

「あ……はい!!」

どうやら考え事に集中していて、スズヤさんの声が聞こえていなかったようだ。

「ギルドに行きましょう。料理はまた今度です。とりあえず、あなたの身分証を確保しましょう」

その言葉に従って、ギルドに向かう。

興味はあってもお金が無い。身分証も無い。まずはそうするしかなかった。異世界の料理……早く食べてみたい。

少し歩いたらすぐにギルドに着いた。剣と盾が交差するようなマークの看板が掲げてあり、すぐにそこだとわかった。

スズヤさんは迷いなく扉を開けて中に入る。俺も続く形で中に入った。

ギルドの中はシンプルだった。三つの受付、冒険者がたむろする机や椅子が置いてある場所、クエストの依頼を貼り付ける掲示板。まあ、ゲームでよく見るギルドの形だ。

中にいた冒険者は入ってきた俺たちをちらっと見たが、すぐに興味を無くしたように元

通りになる。もし、ここで何かトラブルになるようならまさしく主人公ルートなのだが、俺は勇者ではないためそんなことはないだろう。

無駄にフラグを立てないよう、俺はあえて視線に気づかないふりをする。一方、スズヤさんはまっすぐ受付の方に進む。俺もその後に続いた。

近くを通った際、冒険者の何人かがスズヤさんに「今日やっと予約が回ってきたぜ、後で行くからな～」「美味しいもの期待している」などと声をかける。スズヤさんもにっこりと笑い「よろしくお願いします」と一人一人に答える。

受付に着くと、そこには美人と言って差し支えないお姉さんが立っていた。

「エリカ、おかえり。今日は早かったね」

「そうなんです。ちょっと、用事が出来てしまって……」

「その子のため？」

お姉さんが俺を見る。近いですよお姉さん。顔を近づけるのはやめてください。美人なのですから……ドキドキします。

「カオルちゃん‼　あまりからかわないでください。シンさんが顔を赤くしています」

「フフフ……可愛いわね」

カオルさんと呼ばれたお姉さんはやっと顔を離してくれた。でもある意味、精神が回復したような気がする。

「もう……カオルちゃんは……」

「フフフ……いじりがいがありますね。それよりも……エ～リ～カ。まだその防具を使ってるの？」

「これですか？　おかしいですか？」

カオルさんは革の防具を指差した。俺と同じ革の防具。今思えばペアルックだ……いやいやいや、そうじゃない。

「おかしくはないけど……なんでまた革の防具なのよ……」

「だって、これの方が動きやすくて……」

「まあ、機動性があることはわかるけど……エリカ、自覚している？　あなたは立派なAランクの冒険者なのよ」

「もちろん自覚はあります。だから、革もAランクモンスターの立派なやつを使っていますし……」

「それはそうだけど……ねえ」

前言撤回。俺と同じ革の防具？　そんなわけはなかった。

いや、確かに革の防具だよ。でも、素材の品質が全然違った。何より、スズヤさんがA

ランクの冒険者だったことに驚く。

Aランクということはきっと上位に当たる人物だ。ギルドの説明はまだされていないが、大体の見当はつく。まさかそんな人が手を引いてこの街まで送ってくれていたとは。

「まあ、それは置いておくことにしましょう。エリカがそれでいいならいいわ。それで、何をしに来たの？」

「シンさんの冒険者登録をお願いしに来ました」

「やっぱりその子のためなのね……それで、どこから連れて来たの？」

「森の中で会いました。記憶喪失だそうです」

「それもまた、大変ね」

カオルさんが俺をじっくり観察する。その視線にドキドキするが、顔に出ないように必死に隠す。

「身分を保証するものがなかったら大変でしょう。登録を受け付けるわ」

「ありがとうカオルちゃん」

「これも仕事の一環だからね。それじゃあ、シンさん、と言いましたか？　ステータスを確認して、その通りにこの紙に書いてください」

カオルさんから一枚の紙を渡された。名前とステータス、それと魔法を書く欄がある。

「あの……ステータスはどうやって見るのですか？」

「……常識も忘れているのね……手を縦に振りなさい。そしたら画面が出てくるから、その中のステータスを選べば見られるわよ」

教えられた通りに手を振る。そうすると三つのアイコンが出てきた。ステータス、装備、魔法。ステータスを選ぶと、自分のそれが表示された。

レベル1
HP100　MP無限
攻撃10　防御20　素早さ15
〈魔法〉
創造召喚

「……」

なにこれ⁉

まずMPがおかしい。もはや数字ではない。ご丁寧に漢字で「無限」と書かれている。

それに、魔法も。創造召喚とはいったいなんだ。

「どうかしました？」

「いや……なんでもないです」

俺の表情を見たスズヤさんが問いかけてきた。

すぐに返事をしてなんでもないように振る舞い、紙とペンを持って書き込み始める。

「ああ……最初に言っておくと、嘘を書くのも禁止されていないわ。でもそれで困るのは冒険者自身です。期待させておいて本当は弱かったとなると、痛い目見るからね。一応注意はしておくわ」

良かった。嘘は書ける。いや、そもそも普通に書いた方が嘘っぽいように見える。魔法は無いということにして、ＭＰは無難に50と書いておく。それでも多いかどうかは知らないが、無限よりはマシだろう。

俺は書いた紙をカオルさんに渡した。

「……うん。嘘は書いてないみたいね」

いや、すごく書いているけど……

「これで登録するわ。すぐに終わるからここで待っていて」

カオルさんが受付の奥に消える。それから数分で帰ってきた。

「はい、これがギルドカード。ランクはＦ。説明はいる？」

「一応、お願いします」

「わかったわ。わかりやすく簡単にするわね。まず、ランクは下はFから始まって、一番上がA。Aの上も一応あるのだけど、ほぼいないわ。ちなみにSランクと言うの。ギルドカードは初回はタダ。紛失した場合は再発行に銀貨二枚かかるから注意してね。身分証明になり、狩ったモンスターを自動で記録するわ。ギルドボードにあるクエストは、ランクに関係なく全て受けることが可能。ただし自己責任で、死んでもギルドは何もしないわ。貴族からのクエストだけはこちらから指名依頼する形を取るの……こんなところかしら。他に何かわからないことがあったら聞きなさい。記憶が無くて大変でしょう」

「ここには私もちょくちょく来るから、声をかけてくれたら説明しますよ」

「エリカもそう言っているんだから、遠慮はしなくていいわよ」

「ありがとうございます」

スズヤさんとカオルさんにお礼を言う。これで俺も冒険者だ。

「それじゃ、身分証も確保したことだし……私はそろそろ店の準備をしに行きます」

「エリカも大変ね……Aランクの冒険者なのに、本業が料理人なんて……私には考えられないわ」

「元々はいい食材を確保するために冒険者になったので……それはしょうがないこと

です」

「食材確保のために冒険者……そんなことをするのはエリカだけだよ」

「そのおかげで良い食材が手に入り、店も繁盛しているので、これでいいんですよ」

なるほどな……料理のための冒険者。スズヤさんも大変なことをしているものだ。俺もできればこの世界でも料理を作りたい。そして店を持ちたいものだ。

「シンさん。残っている記憶では、料理人だったんですよね？　私の料理を食べますか？　今日は特別にタダで食べさせてあげますよ」

「いいんですか？」

「はい。これも何かの縁です。私の料理を食べてもらい、お得意様にしますよ」

「シンさんはラッキーね。エリカの料理が食べれるなんてね」

自信ありありの言葉に期待が膨らむ。

それに待望の異世界の料理だ。楽しみだ。どんなものが飛び出すのか、ドキドキする。

俺はスズヤさんの後に続き、彼女の店に向かった。創造召喚の謎は後回し。とりあえず料理を食べてから考えることにする。

2

スズヤさんの店は、対面式のカウンター席のみの小さな店だった。しかし、中の雰囲気は完璧（かんぺき）で、高級感溢れる造（つく）りになっている。俺は店の一番奥の席に座った。

「今から作るので待っていてくださいね。本当は予約をしてもらわなくてはいけないのですが、今回だけは特別です」

「予約制なのか……」

「はい。あまりにも多すぎて今では二年待ちです……」

全ての席が予約制。最長二年も待たなくては食べられない料理ってどんなのだよ……スズヤさんの店の凄（すご）さが改めてわかった。

「料理が出来るまでゆっくりしてください。すぐに作りますね。でも、私ができるのはここまでで、営業が始まりましたらお相手できません。一応、宿屋は予約しておいたので、この紙を頼りに行ってください。お金は心配いりません。一日限定で無料で泊（と）めてもらえますから」

「何から何までありがとう」

「いえいえ、これも何かの縁ですから。その代わりと言ってはなんですが、私の店の常連客になってくださいね」

「二年待ちの常連客か……それは大変だな……」

「フフフ」

スズヤさんは笑うと奥に引っ込んだ。どうやら、料理の材料を取ってくるようだ。料理はもちろん、客の目の前で作る。これが対面式の良いところである。

「今日は良いのが入ってました」

戻ってきたスズヤさんは、その手にわけのわからない生き物を握っていた。一応、形からして魚の仲間なのだろうが、気持ちが悪い。

「このモンスターは深海フィッシュと言って、海で獲れる魚の仲間です。普段は名前の通り深海にいて中々獲れません。そのため高級魚として扱われていて、味は絶品。食べてみたらわかりますよ」

魚かモンスターか区別のつかないそれを、スズヤさんは素早くさばいていく。全く迷いがない。

使っているのは包丁ではなく短剣。小型で持ちやすい、武器としてはイマイチだが細かな作業に特化した物だった。

　あくまでも予想だが、どうやらこの世界には包丁が存在しないようだ。それによく見ると、あの短剣は包丁以上の切れ味を持っている。異世界の鍛冶士は技量が違うのかもしれない。

　短剣一本。それだけでどの食材も切っていく。

「私が初めてこの魚を食べたのは、冒険者としてBランクのモンスターの討伐のために海に行った時です。討伐してすぐ帰ろうとしたんですが、依頼主さんに引き留められて……依頼主さんは漁師の方でした」

　スズヤさんは会話をしながらも丁寧にさばいていく。

　これも対面式のいいところだよな。料理が出来ていくところを見ながら、且つ、おしゃべりして完成を待てる。

「丁度、この深海フィッシュが獲れたということで、一緒に食べさせてもらったんです。それが美味しくて美味しくて……一口惚れしました。別れ際に、また深海フィッシュが獲れたら私の店で出させてください、と頼み込んだら快く承諾してくださいまして、時々送られてくるんです」

　冒険者であり、その中でもランクの高いスズヤさんだから、このモンスター――いや、魚か？　まあ、いい。深海フィッシュと名前で呼ぼう――をこの店で出すことができるのだ。

それにしても冒険者として色々な食材を食べてきたはずのスズヤさんを、一目惚れならぬ一口惚れさせるとは……どんだけうまいんだ。

話をしているうちに、スズヤさんは深海フィッシュを全てさばき終えた。身、骨、内臓、全て綺麗に取られている。スズヤさんはその身をひと切れ切って、俺に差し出した。

「まずは生でひと口どうぞ。このままでも美味しいので」

小さな皿にひと切れだけ載った深海フィッシュの身は、透き通るように白く、光を反射してキラキラと光っている。脂が乗っていることが見ただけでわかった。

俺は箸を使ってそれを口に入れる。途端、口の中に味が染みわたった。脂は決してしつこくない。この世界に存在するのかわからないが、醤油はいらない。生の魚はどこか生臭くなるものだが、これは全然そんな感じがしなかった。

「美味しいでしょ？」

「美味しい。全然臭みがない。味もしっかりある。そして口に入れた瞬間に溶けることに驚いた。飲み物かと思うくらいにすぐに溶けたよ」

「驚くのはまだ早いわ。次は炙りね」

スズヤさんは皿の上に深海フィッシュの身を綺麗に並べた。それからバーナーなど取り出すのかと思いきや、人差し指をその上に掲げた。

「リビ」

その人差し指の先に小さくやんわりとした火が現れる。

これが異世界の調理方法か。魔法も使い方次第ということだ。

絶妙に調節された火が、じんわりと深海フィッシュを炙っていく。火加減が難しいはずなのに、余裕のある表情のままだ。

「はいどうぞ」

皿の上の身は、少しの色がついただけだが、なんとなく、本当になんとなくだが、さっきとは変わったように見えた。これは料理人としての勘だった。

また箸を使ってゆっくり掴み、食べてみる。

感じられたのは一瞬だった。堪能する間も無く、身は口の中から無くなっていた。しかし、かすかながらも極上の味が舌に残っているため、食べたことは確かだ。

もう一度食べてみる。これもすぐに無くなる。いや、正確に言えば、生の時とは比べものにならないぐらいのスピードで溶けているのだ。

「フフフ、驚いた?」

「溶けた……無くなった……それでも、口に残る味は美味しい」

「それは良かった」

この時点で、俺も深海フィッシュに一口惚れした。確かに、こういう言い方が何よりしっくりきた。

スズヤさんの表現は間違っていなかった。俺はその後も、営業時間が来るまで深海フィッシュを食べ続けた。

他の料理も作ると言われたのだが、それは一年後に食べに来ることにした。楽しみは取っておくものだ。

「本当にありがとうございました。一年後にまた食べに来ます」

「楽しみにしていますね」

「それではまた」

そう言って俺は店から出て、スズヤさんからもらった紙を頼りに宿屋へと向かった。

宿屋はいたって普通だった。中に入ると、オーナーであるおばちゃんから「話は聞いているから泊まりなさい」と言われて部屋に通された。一日だけだが、休めるところが確保できて良かった。

俺はベッドに座り、この世界のこと、また、自分の魔法について考えを巡らせる。

まず、知っていること、確認しておきたいことをまとめる。

一、この世界に招待された
二、この街は料理の聖地
三、俺の魔法は特別
四、何故、俺はここに招待されたのか

一については、どう考えてもあの声が原因だ。四にも関わるが、その理由は不明。ただ単に、この世界で過ごせ、という意味で良いのだろうか。

二は、街を眺めて、尚且つスズヤさんに聞いたため、確定した情報。料理人である俺には好都合であるが、自分の店も無く、今のところお金を稼ぐことはできない。

さて、問題は魔法だ。ＭＰが異常なことはステータスを見てわかった。しかし、俺は自分が持っている魔法がどんな効果なのかすら知らない。

とりあえず、また魔法の項目を出して、創造召喚と書かれているところを押す。

すると、魔法の使い方と詳細が出てきた。

創造召喚

・自分のMPを消費して、地球にあるものをこちらの世界に持ってくることができる。どんなものでも持ってくることが可能だが、大きなものほどMPの消費が激しい。

・使い方は、自分が欲しいものを想像して召喚と呟くのみ。心の中で言うのでもあり。

やはり、想像通りチートな魔法だった。MPの消費が激しいことが難点だが、俺には関係ない。

だって、MPは無限だ。減りようがない。

小手調べに、この魔法が本当に使えるのか試すことにした。まず、自分が持ってきたいものを想像する。真っ先に思い浮かぶものは、俺の包丁だった。

料理人として大切にしていた包丁。毎日欠かさず、研いでいた。確か、こちらの世界に飛ばされた時は店に置いていたと思う。

長く使ってきた物なので、想像は簡単だった。想像が完成したところで、心の中で召喚と呟く。

ガタッ。

近くでものが落ちる音が聞こえた。つむっていた目を開ける。そこには、いつも俺が包丁を入れているケースが落ちていた。

ケースを拾い、中身を確認する。俺の包丁だった。何一つ変わらない俺の包丁がそこにあった。

これは使える、と俺は確信した。

考えてみると、この魔法で世界を滅ぼすことだってできる。核ミサイルを転送してきて、撃ち込めばいい。冒険者として成功することもできるだろう。武器はあちらの世界にいくらでもある。銃とかを持って来れば楽勝だ。いざとなったら重機関銃でも持ってくればいい。

なんでもできるこの魔法。多分、これがあれば生活にも困らないだろう。

しかし、俺はこの魔法でやりたいことを、もう決めていた。

この世界で、自分の店を開く‼

が、今日は何もできない。もう夜であるし、そもそもこの世界でも店を出すためには何かしら手続きが必要なのではないだろうか？

その辺のことについて、まずギルドで聞くと決めて、今日は眠ることにした。

異世界召喚という、普段ならあり得ないと思うようなことが起こっていたので、さすがに疲れていたのか、ベッドに入るとすぐに眠れた。

明日が楽しみである。

3

朝になった。今の時刻は大体一〇時くらい。

スズヤさんによると、この世界に時計はない。太陽の位置を見て判断するようだ。

時間の測(はか)り方は地球と何も変わらない。二四時間で一日、三六五日で一年だ。季節も春、夏、秋、冬が全部ある。自分としては過ごしやすいため、助かった。

これが一年ずっと夏、あるいは冬とかだったら、俺は多分生きていくのが嫌になっただろう。まあ、どうやらそんな地域もあるようだが、俺は冒険者として旅するつもりはないので、関係ない。

さて、早速新しい服に着替えてギルドに向かう。新しい服は魔法で取り出したものだ。便利すぎる。一応、時計も取り出しておいた。太陽の位置を見て時間を知るのは、俺には無理だから。

宿屋とギルドは近い位置にあった。昨日も大して移動しなかったから、それはそうか。迷いなくギルドに入る。中にはちらほらと冒険者がいた。朝だというのに酒を飲んでいる者もいる。

今思うと、昨日は絡み(から)フラグもなかった。それもそうか、俺はいたって一般人。勇者とかそんなんじゃないから、フラグなんて無いと見て良いようだ。

周りを見渡して、ある人物を探す。すぐに見つかり、俺はその人物の方に近づいていく。

もちろん、カオルさんのことである。

「いらっしゃい。何をしに来たの？　クエストの依頼書は向こうよ」

カオルさんが丁寧に掲示板の場所を教えてくれる。が、今日はその件で来たわけじゃないので、聞き直す。

「今日の用はクエストじゃないんです。聞きたいことがあって……」

「いいわよ。聞いてあげましょう。わかる範囲なら教えるわ」

「助かります」

俺はカオルさんに、店を出すにはどういった手続きがいるのかを聞いた。

カオルさんは最初こそ驚いた顔をしたが、昨日俺が料理人だと言っておいたので勝手に納得したのか、情報を教えてくれた。

店を出すための手続きは簡単だった。ギルドで契約する。以上だ。契約するには、土地を見つけるとかの条件がある。

ギルドでは普通こんなことはしないのだが、この街が料理の聖地だからこそ、ギルドが責任を持って行なっているみたいだ。つまり、ギルド＋不動産屋と考えればわかりやすい。

ここまで聞けたら充分だ。早速契約に持ち込みたい。

「カオルさん。ありがとうございます。あの……それでは……契約をしたいです」

「……えっ？」

カオルさんが二度目の驚きをあらわにする。綺麗な顔が台無しである。そんな顔にしたのは俺のせいなのだが。

「あの……シンさん？　話を聞いてましたか？　このギルドでは土地と店を開く契約はできるのですが、店は自分で建てなくてはいけないのですよ？　ましてや、昨日この街に来て、しかも記憶喪失……それでは店を建てられないでしょ？」

ごもっともだ。俺の方が絶対におかしい。記憶喪失と言っておいてこれはないよな……カオルさんも驚きのあまり敬語だ。でも、早く店は出したい。ここはどうにか乗り越えることにする。

「店のことは大丈夫です……ちょっと心当たりがあるので……」

「記憶喪失なのに？」

「はい……」

まじまじと顔を見られる。怪しまれている、絶対に怪しまれている。

しばらくすると、カオルさんは諦めたのか紙を取り出した。

「これが契約書です。土地はこっちが勝手に決めますが、良いですか？　希望はありますか？」

「無いです」

「わかりました。今から探すので、こちらを読んでサインをしておいてください」

そう言い残し、カオルさんは裏手に入っていった。

嗚呼、これでカオルさんには変な人だと思われた。やっぱり嘘はつくものではない。でも、これは不可抗力だ。そう思って気持ちを切り替えることにする。

渡された紙に目を通す。店を出すための契約書だった。

一、毒物、また、危険なものは出さないこと
二、売上の中から土地代や税金として一万ピコを毎月国に納めること
三、不正な行為をしないこと

四、料理ランキングに登録すること

以上。簡単な内容だ。一、三はほとんど被(かぶ)っていると思うが、まあ違うと言ったら違う。三は多分、四のために定められているのだと思う。

料理ランキングに登録？　いまいちわからないが、登録しとけばいいのだろう。何かあったらその都度(つど)考える。

契約書に自分の名前を書く。丁度、そのタイミングでカオルさんが帰ってきた。

「サインはしました？　わからないことがあったら聞いてください」

「お金の計算がわからないのですが」

「料理も店を建てることも大丈夫なのに、こんな常識的なことがわからないなんて……もう私にはわからないです……あなたのこと……」

そう呟いたカオルさんだが、丁寧に教えてくれた。

この世界のお金には、鉄貨、銅貨、銀貨、金貨、白銀貨がある。単位はピコ。鉄貨が一ピコ、銅貨が一〇ピコ、銀貨が一〇〇ピコ、金貨が一〇〇〇ピコ、白銀貨が一万ピコ。日本の通貨とあまり変わらない。ただ、円がピコになったと思えばいい。

となると、毎月国に白銀貨を一枚分納めれば良いということだ。それさえ知っていれば良い。

「じゃあ、次は土地の契約です。土地はこのギルドから出て左に曲がり、少し離れたところにあります。中々人通りがあっていいところだと思います。ただし、そこはいわゆる料理の激戦区です。それは覚悟してください」

また契約書を渡された。激戦区？　上等である。ライバルの店があるなら、良い張り合いになる。そういった場所が俺は嫌いでなかった。こちらの契約書にもサインをして返す。

「それではこれで登録は終わりです……本当に店の件は大丈夫ですか？」

「大丈夫ですよ。すぐに用意できます。店が繁盛してきたら呼ぶので、来てくださいね」

「わかりました。その時を楽しみにしてます」

俺の言葉に偽りが無いと判断したのか、カオルさんはにっこりと笑った。

俺は一礼してギルドを出る。

なんとか乗り越えられた。契約も済んだことだし、早速店を開く場所に向かう。

たった一〇〇メートルだからすぐに着いた。周りを見ると、さすが激戦区。料理の店がたくさんある。自分の土地は案外広い。これなら問題ない、と俺は判断した。

今の時刻は一一時。もうすぐ昼時になる。周りにちらほら人がいるが、それはしょうがない。ここで魔法を発動することにした。

まずは想像。今回想像するのは、地球の自分の店。思い出が詰(つ)まったあの店を想像する。

これも簡単だった。後は呟くだけ。

「召喚」

ドスーーーーー！！！

大きな音とともに、何も無かった土地に店が現れた。

何事かと、立ち並ぶ店の中から人が出てくる。そしてさっきまで何も無かったところに店が出来ていることに驚く。通りを歩いていて一部始終を見ていた人は、呆気(あっけ)にとられている。

店はきちんと建っている。地球にある店と何一つ変わらない。見ていて懐(なつ)かしいとすら感じた。

周りの視線が少し痛いが、全部無視。俺はついに、異世界で自分の店を持ったのだった。

4

一日が経(た)った。店が出来てから中の掃除や片付けをしているとすぐ夜になったので、昨日は早めに寝た。店の二階には、住み込みの店員のために寝泊りすることができる部屋が五つある。

俺の店はレストランに近い形になっている。オープンキッチン仕様で、中から全ての席が見える。理想はスズヤさん同様、全席予約制を採りたいものだ。

そのためにはまず、売れなくてはどうしようもない。しかし、店を開けるにはまだ準備が必要。店が建ったからってすぐに開けるものではないのだ。何より、お金が無い。必ずぴったしのお金で払ってくれるとは限らないので、お釣りの現金が必要となってくる。

別に、食材に関しては問題ない。魔法の力によって何でも持ってくることが出来るからな。しかし、ここは異世界。異世界にしかない食材も多いはずだ。自分の知っている地球料理と異世界の食材を合わせた料理を作りたい。

それ以上に、深海フィッシュのような異世界料理を、もっと食べたいと思っている。

と、いうことでお金を稼ぐ。手っ取り早いのはやっぱりギルドでクエストを受けることだろう。せっかく冒険者になったのだから。

店を閉めてギルドへ。ギルドに着いたら、迷いなく掲示板に向かった。色々な種類のクエストがある。モンスターの討伐に捕獲、材料の採取に護衛などだ。

その中から自分にもできそうなものを選ぶ。モンスター討伐、捕獲は、まだ戦い慣れてないからパス。討伐できるか不明であるし、戦い方を全くもって知らない。同様に護衛もパスだな。採取はいいけど種類を知らないし、採取してる間にモンスターと出遭(であ)ったら元も子もない。

　まあ、必然的に街の中でできるクエストに絞(しぼ)られるわけだ。それでも選択肢は多くある。

　その中から俺は一枚のクエストを選び、受付に持っていく。そこにいたのはまたもカオルさんだった。

「あら、シンさん。土地の方はどうでした？」

「良いところですね。あの場所なら問題ありません」

「それなら良かったです。今回はクエストの用ですか？」

「あ、はい。お願いします。少しお金を稼いで元金にしたいので」

「了解です。依頼書を預かりますね」

　俺が持ってきた依頼書を渡すと、その内容を見たカオルさんは少し笑った。

「シンさんにぴったしのクエストですね」

「そうですね。今のところそれしかできそうなものがないですし、何より参考になるかと」

「いい心がけだと思います。はい、これでクエスト登録完了です」

そう言ったカオルさんは依頼書を返してくれた。

「時間に遅れないよう気をつけてくださいね」

「はい」

返された依頼書には、料理店の手伝いを依頼する言葉が書かれていた。

カランッ。

依頼書に書かれていた住所にある店に入った。時刻は一〇時。まだ準備中のようだ。

「すみません。クエストを見てきたのですが〜」

「はい、少し待ってください」

言われた通り、静かに待つ。

その間に店の中を見渡す。俺の店と同じような席の配置。キッチンもオープンになっていた。少し違うところは、席が全て木の椅子であること。ソファみたいな椅子や、つながった椅子は無い。

「お待たせしました」

奥から一人の男が出てきた。スラッとした体型に緑色の髪、穏やかそうな目が特徴的な男だった。

「準備をしていたので遅れてしまいました。クエストを受けてくださった方ですね。私の名前はウィンと言います。そちらは？」

「シンと言います。よろしく」

「シンさんですね。こちらこそよろしく。早速で悪いんだけど、仕事内容を教えても大丈夫かな？」

「はい、大丈夫です」

「それじゃあ、教えるね。そんなに難しいことを頼むわけじゃないよ。元々この店はいつも二人で営業しているしね。今日は出勤するはずだった子がたまたま病気にかかってしまって、その代わりを頼みたいんだ」

　ウィンはポケットから紙を取り出して渡してきた。俺はその紙を受け取る。

「仕事内容はこのメモに書いておいた。主な仕事内容は二つ。一つは、食べた後の食器の片付け、もう一つは皿洗いだよ。注意点とかも書いてあるから目を通してね」

「ん？」

「何か質問があるかい？」

「出来た料理を運んだりするのは仕事のうちじゃないのですか？」

　メモの内容を軽く読んだところ、書かれているのは片付けと皿洗いについてだけだった。

「ああ、シンさんは僕の店は初めてかい？　これでも有名なつもりだったんだけど……必要ないよ。理由は、営業が始まってからの楽しみにしていてよ」

ということで、結局、理由は聞けなかった。

「仕事の準備をするから私は奥にいるね。渡したメモの内容に最後まで目を通したら、厨房に入ってきて。もうすぐ営業が始まる時間だから、なるべく早くね」

そう言うとウィンは行ってしまった。俺は言われた通り、メモに目を通していく。

ひと通り読んでわかったのは、この店は全席予約制で、その日に出すメニューはあらかじめ決まっているということ。それを時間になったら提供するらしい。自分が目指す理想の形だ。参考にしたいと思う。

後は、調理用の魔道具についての説明も書いてある。魔道具とは、魔力を魔法陣に流すことにより作動する仕組みで、魔力の流し加減で火の調節、水の調節ができるようだ。便利は便利だ。慣れるまで難しそうだが、どうやら子供でも使えるものみたいなので、心配はしていない。何とかなるだろう。

大体この店について把握した。開店時間も迫っているので、そろそろ厨房に行くとしよう。

厨房では、既にウィンが料理を作り始めていた。

「メモに全部目を通せたかい？　もうすぐ営業が始まるから、それまで待機していればいいよ」

こう言われたので、近くでウィンが調理する姿を見ていく。

今は、見たことのない肉を綺麗なサイコロ状に切っている。近くにオーブンに似た魔道具があるので、それでこんがり焼いていくのだろうと予想する。

俺ならここで塩、胡椒、さらに何か香りがつく物を振りかけるのだが……ウィンは粉状の何かを肉にかけ始めた。見た感じ、塩、胡椒ではない。何かしらの香料か……これも見たことない物だ。

「それは？」

「ん？　この粉のことかい？　これはルコルの実を潰して粉状にしたものなんだけど……知らないのかい？　料理では定番のものだよ？」

「初めて見ました」

「珍しいね。料理に携わっているなら知っていてもおかしくないと思うけど……少し舐めてみるかい？」

「いいですか？　ありがとうございます」

ルコルの実の粉というものを、少しだけ手の上に載せてもらった。近くで見てみると、そんなに明るい色ではない。かけても目立たない色合いだな。続いて味を知るべく、舐めてみる。

「ん?」

何の味もしなかった。どういうことだ?

「あはは。はじめは誰でも驚くよね。全く味がしなかったでしょ? それがこの実の特徴だよ」

「それならかける意味が無いのでは……」

「そうだね。でも、このルコルの実にはある特徴があるんだ。それがこれ。食べて見て」

ウィンが渡してきたのは、それぞれ肉が載った二つの皿。辛うじて、片方にはルコルの実がかかっているとわかる。

まずは、ルコルの実がかかってない方を食べる。脂質が少なめで脂っぽくない、食べやすい肉。ここまでくどくない肉は中々珍しい。

「どうやらこの肉も初めて食べたみたいだね。これはボアロット。狩りランクBに値するモンスターの肉だよ。脂が極端に少ないことが特徴。それでもしっかりとした上品な味があり、最高級に分類される肉だよ。そのままでも美味しいけど……こっち食べてみて」

ウィンはルコルの実がかかった方の皿をすすめてきた。

「それじゃあ」

俺は素直にそっちの肉をひと切れ、口に入れる。

「ん！！」

その瞬間、肉の旨みが一気に爆発するかのように口の中に広がった。さっきとは全然違う。もはや別物になっている。

「なんだこれ⁉」

「これがルコルの実の特徴。動物性脂質に反応して、旨みを引き立たせるんだ。何も味がしなかった実とは思えないでしょ。びっくりするよね」

異世界にはすごいものがある。深海フィッシュ、ルコルの実。この二つだけでも料理の世界が広がった気持ちになる。何より、このルコルの実はとても使える。肉料理全般に手軽に使える万能調味料だ。

カラン、カラン。

「おっと、お客様が来たようだね。少しだけ下がっていて」

ウィンは作っている料理に仕上げを施しにかかるようだ。話しながらもしっかりやることはやっているのは、さすが料理人と言わざるをえない。

焼き上がった肉に、いつの間にか作ってあったソースをかけて、料理が完成する。それにパンとスープがつく形だ。

後は運ぶだけだが……どうするんだろうか？

「それじゃあ、行くよ」

ウィンが、いくつか作った料理の皿に手を触れる。そして、その皿が浮いた。そう……浮いたのだ。

「今日はお越しいただきありがとうございます」

席は全て埋まり満席。その頭の上を、空飛ぶ料理が進んで行く。

「只今出来立てをお出しします。メニューは、ボアロットのサイコロステーキ。オリジナルのソースをおかけしています」

皿はスーッとお客様の前に着地した。もちろんパンとスープも一緒に飛んで行き、着地していた。

「存分にご堪能ください」

言い切ったウィンが俺の方を向く。

「再度、自己紹介。僕の名前はウィン。料理ランキング第一〇位、風の魔術師ウィンです。お見知り置きを」

ウィンは優雅に頭を垂れた。異世界の店は何でもありである。

改めての自己紹介を聞いた後は大変だった。食べ終わった皿を片付け、次の予約のお客様が座れるように準備する。片付けた皿を洗い終わったら、また次のお客様が来る。

その度に、店の中を空飛ぶ料理が通って行く。異様な光景だ。ウィン曰く、この空飛ぶ魔法を使うには、対象に触れないといけないみたいだ。一度に約三〇秒だけ継続するらしい。だから、食べ終わったら自動で片付くようにはできない。運ぶだけ、送り出すだけなのだ。

原理としては、風魔法を応用しているらしい。説明されてもわかるわけないが、精密なコントロールが必要とのことだった。

何回か食器の片付け、皿洗いを繰り返すと、お客様がまばらになってきた。どうやら、ピークが過ぎたらしい。

「シンさん、お疲れ様でした。後は僕だけで済むので、もう帰って大丈夫ですよ」

「そうですか、ありがとうございます」

「クエストの依頼書を貸してくれるかな」

ポケットにしまっておいた依頼書を取り出すと、ウィンはその紙にサラサラとサインした。

「これでクエストは完了だよ。お金は既にギルドの方に送ってあるから、クエストを完了したことを告げて、受け取るといい。今日は本当に助かったよ」

「こちらこそ、参考になりました」

「参考になったのなら何よりだ。良ければ、今度はお客様として来てね」

「はい。今回はありがとうございました。お先に失礼します」

ウィンにお礼を告げて店から出た。

まずは報告のため、ギルドに寄る。今は大体一四時くらい。みんな冒険に出かけているのか、ギルドの中はまばらにしか人がいなかった。

クエストの完了を告げよう。もちろん、カオルさんに。

「クエストの完了をお願いします」

「あら、シンさん。どうでしたクエストは」

「とても参考になったクエストでした」

「それは良かった。はい、これが報酬です」

金貨を二枚もらう。つまり二〇〇〇ピコか。店を見てきた感じ、野菜一束銀貨一枚、一〇〇ピコで買える。充分にもらった方だろう。

「ありがとうございます、それではまた来ますね」

「はい、お待ちしています」

　お金を受け取った俺はギルドから出た。次は買い物である。色々なものを買って、どんな味がするのか今日中に調べたい。ウィンの店の手伝いをしてから、早く自分の店を開きたくなってきた。

　その足で市場へと向かった。市場には沢山の食材が並ぶ。さすが、料理の聖地だ。沢山の店から適当に一つ選んで、中に入る。並べてあるものを見て、欲しいものをリストアップしていき、決まったら店主を呼ぶ。

「いらっしゃい。何が望みだい？」

「あれとそれが欲しいんだが、ここで切って食べることはできる？」

「何だい、あんた料理人かい？　大丈夫だよ。この街は料理の街だからね、そういう頼みはよくあるのさ」

　頼んだものからひと口サイズ分だけ切り取ってもらい、受け取る。残りは袋に包んで渡された。買ったのはキュウリとトマト。といっても、本当の名前はもちろん違う。わかりやすくそう呼んでみただけだ。

　そのまま、味を見ていく。まずはキュウリをひと口齧る。シャキッ、シャキッとした触感は地球と変わらないが、少し物足りない。みずみずしさが今一歩な感じがするのだ。これなら地球のものを持ってきた方がいい。続けてトマトもひと口。こっちも同じで、みずみずしさが足りない。でも、地球よりやや甘みが強いかも。一長一短というところかな。

「おばちゃん。あれはなんだ?」

食べながら他の品を見ていると、気になるものがあった。ピラミッド型で、周りがとげとげに覆われている。地球では見かけない食べ物だった。

「これのことかい？　これはトゲッチュー。とても癖のある果物だよ」

「トゲッチュー？　買うからひと口くれ」

「わかった、少し待ちな」

しばらくして、ひと口分のトゲッチューを渡される。バナナ方式で、周りの皮を剥いて食べるみたいだ。

「これは本当に癖が強いからね。少しずつ……ちょっ、お客さん⁉」

出された分をそのままひと口で食べた俺を、おばちゃんが驚いた顔で見ている。何だ？どうしたんだ？

口の中にほんのりと甘みが広がる。普通にうまい。癖なんてどこにも……

突如、それは襲ってきた。

「大丈夫かい？　お客さん」

「だ……だいじょうぶでちゅ」

口をすぼめて答える。襲ってきたのは酸っぱさ。それも、食べたことのないような強さの酸っぱさだった。レモンなんて比べものにならないほどだ。さっき癖があると言っていたが、間違ってない。それに全然、酸っぱさが取れない。

「だから言ったのに……しょうがないね。これを食べな、サービスだよ」

そう言っておばちゃんが渡してきたのは、小さな丸いもの。薬みたいな見た目だ。

「それはアマの実と言って、食べるとても甘いんだ。小さいから難しいと思うけど、噛んで砕くんだよ」

言われるまま、口に入れて噛む。すると今度は、口全体に甘いハチミツみたいな味が広がる。あんな小さな実だったのに、甘さだけを凝縮してあるみたいだ。

この甘さによってやっと酸っぱさが落ち着いた。大変な目にあったものだ。

「料理人なのに何にも知らないね……お客さん」

「いや～どうやら勉強不足みたいで」

「もう少し勉強した方がいいよ」

「そうですね……もっと、勉強します」

「まあ、料理人は何でも勉強だよ。しっかりしな」

「はい、ありがとうございます。それと一つ質問いいですか？」

「何だい？　おばちゃんが答えられることなら答えてあげるよ」

「お米ってありますか？　白くて小さな粒をたくさん炊いて食べるものなんですが……」

「オコメね……小さくて白い粒……ああ、マイのことだね。貴族しか食べられない貴重品に、そういったものがあったはずだよ」

お米が貴重品か……これはいいことを聞いた。

地球の俺の店では、お米を主食として出していた。こっちの世界では、それだけでも店の特徴になる。他と違うものがあるというのは大きなアドバンテージだ。これを生かさない手はない。

「ありがとうございます。助かりました」

「いいよいいよ。その代わりに、何か買う時はご贔屓にしてね」

俺はお礼を言って、その場を離れた。

食材については少しわかった。次はどんな料理があるのかを調査する。

なるべくたくさんの料理を見てみたい。ウィンのところみたいな高級店では、フルコースなどあらかじめメニューが決まっていることがあるので却下。庶民派な店を選んで入る。

別に全部食べなくてもいい。どんな料理があるのかだけでも確認しておきたいのだ。

「いらっしゃいませ。空いている席へどうぞ」

言われた通り、空いている席のうち、店全体が見える場所に座った。座ったと同時にお冷が運ばれてくる。

「メニュー表はテーブルに置かれていますので、お決まりになりましたらお呼びください」

店員さんはそう言うと、他のお客のところにいった。忙しそうだ。

メニュー表を開くと、知らない食材が目白押しだった。料理は西洋料理みたいで、知っているものがちらほらある。

「すみません」

「はい、ご注文がお決まりですか?」

「これのセットを下さい」

「かしこまりました」

沢山あるメニューの中から、ロックバードのポトフのセットを頼んだ。理由としては、ポトフにはたくさんの食材が入っており、尚且つ鳥の肉と思われるロックバードにも興味が出たからだ。セットはパンとサラダ。ご飯はやっぱり無いようだ。

しばらくして、料理が出てくる。サラダは、キャベツとレタス、ニンジン、コーンにトマト。パンはよくある茶色いパン。メインのポトフの中身は、ジャガイモにニンジン、白菜、玉ねぎ、ロックバードの肉だな。いい匂いが俺の鼻をくすぐる。

まずスプーンを使ってロックバードの肉をすくい、口に運ぶ。それではひと口。うん、コンソメの味がしっかり染み渡っていて、いい感じだ。少し弾力があるが、噛み切れないほどの硬さではない。

しかし惜しい。もう少し柔らかい肉だったらもっと良かったと俺は思う。これは食材の違いか。地球の鶏肉ならこんなに弾力は出ない。

次はジャガイモなどの野菜類。こちらは食感も味も地球とほとんど同じ。生のままで食べると少し違うのかもしれないが、料理すると大して差が無くなるみたいだ。

とすれば……サラダを食べてみると、地球人にとっては何か物足りない味だった。それとドレッシングがついてないところもマイナス点。どこの評論家だ、と言われるかもしれないが、きっちりと把握することは重要なのだ。

パンの方はいたって普通だな。周りのテーブルを見ると、食パンを使った料理もあるみたいだし、どうやらパンの種類は多いみたいだ。

もう少し周りを確認して、どんな料理があるかを見る。目についたのは、ラザニアとローストビーフみたいなもの。他にカルパッチョやパエリアなどもある。どれもヨーロッパの家庭料理の定番だな。

確認しながらも食べ続け、やがて完食する。何だかんだ言って満足のいく料理だった。魔物を使った料理も工夫すればもっと化けるかもしれないな。

「ありがとうございました」

料金を支払い、店から出る。

帰り道を歩きながら、異世界の料理を見て食べてわかったことを整理し、自分の店のコンセプトを考える。

ご飯を出すことは確定事項。後々セットを作ってサラダを出し、ドレッシングもセルフサービスで置くことにしよう。

それから、この世界に馴染(なじ)むよう、まず西洋料理に近い料理から出すことにして、俺にしか作れないようなメニューにできれば尚いい。中華や日本料理はその後で手を出すことにしよう。いきなり出されても食べてくれないかもしれないからな。よし、この方向性でいくとするか。

明日から営業だ。楽しみにしながら、俺は店に帰った。

5

次の朝。店の掃除を済ませてから、料理の準備をする。

外に出て一度背伸びをし、空を見上げた。今日は快晴。空に浮かぶ太陽が眩しい。扉にかかっている看板をひっくり返す。「ｃｌｏｓｅ」から「ｏｐｅｎ」へ。俺の店「moment heureux（モモンウールー）」の開店だ。ちなみに店名はフランス語で、幸せのひととき、という意味。

俺は店の中に入って、お客様が来るのを待つことにした。


さて、時刻は一一時半になった。そろそろ昼時だ。

まだ、うちの店にメニューは無い。地球ではある程度決まっていたが、これは予算の問題などがあってのことだ。でも、今は違う。創造召喚のおかげでほとんどの食材が無料で手に入るとなれば、自ずとメニューも変わるのだ。

なので、料理はお客様の意見を受けて作ることにした。それで美味しいと言ってもらえて、尚且つ自分も納得できる料理が出来たら、定番という形でメニューに追加していく形をとる。

俺はこの世界の人たちの味覚を知らない。だから、地球の料理が美味しいと思われるのかどうかわからない。そこで、このやり方で行くことにしたわけだ。

もちろん、美味しくないと言われたらそこまで。代金をいただかないこととする。料金設定は、材料費が無料だから安めに、大体八〇〇から一〇〇〇ピコぐらいに定めるとしよう。とりあえず、まずはこのやり方で行く。

俺は厨房に入り、コック服に着替える。それだけで身が引き締まったように感じた。久しぶりだ。つい最近まで鎧をつけていて、それを窮屈に感じていたため、少しスッキリする。

包丁やフライパンを確認し、お客様がいない今のうちにテーブルを拭く。本当は従業員が必要だ。忙しくなったら雇うことにしよう。

準備ができた。時刻は既に一二時を回っていた。お客様はまだ一人も来ていない。はじめはこんなものだ。新しい店になんて、お客様は全然来ない。地球でもそうだった。わざわざどんな味なのかわからない店に入るよりも、安心できるなじみの店に入ろうと思う人が多いためだ。

今日は一人来たら良い方だと思っている。一人来たら二人に、二人来たら四人に、と口コミなどで噂が広まって、やっと増えていくのだ。

でも俺には、はじめの一人が来たら、このレストランは成功するという確信があった。腕に自信があるのはもとより、お客様に聞くスタイルなので和・洋・中などのスタイルの縛(しば)りがないのは大きな強みだ。そしてやっぱり、見慣れない料理の未知なる味を体験できること。これが一番の理由だ。

一二時半になった。未だにお客様はゼロ。さすがに少し落ち込むが、気長(きなが)に待つことにする。

——それから一〇分が経ち、ついに扉が開かれた。

カランコロン。

扉についていた鈴(すず)が鳴る。鎧をつけたおっさんづらの兵士が店に入ってきた。

「いらっしゃいませ。お一人様ですか？」

「ああ、一人だ」

「それでは席にご案内しますね」

席は厨房に近いところに案内する。料理が運びやすいから、ただそれだけの理由だ。

兵士はドカッと席に座った。初めてのお客様。掴みが肝心だ。覚悟を決め、俺はお客様に対応を始める。

「メニューはどこにある？」

兵士が聞いてきた。こうなることはわかっていたから、どう返事するかもバッチリ考えてある。

「メニューはございません。当店では開店サービスとして、お客様のご希望を伺い、それに合わせた料理をお出しする形となります」

「何を頼んでも良いのか？」

「もちろんです」

兵士は俺を疑り深い目で見てくる。これはあまり期待してないな、と感じた。そうなると思った。しょうがない。料理で見返せばいいのだ。

「本当に何でも良いのだな？」

「はい。材料はある程度ございますので、大丈夫です」

再び確認してきた兵士に、にっこりと笑顔で答える。

俺は丁寧な口調が苦手なので、内心では早く決めて欲しいのだが、そうも言っていられない。今だけの辛抱だ。最初だけはきちんとする。そう心に決めていた。

俺にはどうやら接客業は合っていないようだ。早く接客を任せられる人を確保しよう、と決心する。

「じゃあ、ステーキを……お願いしよう」

「わかりました」

ようやく注文を聞けた俺は、厨房に入った。

ご注文はステーキ。幅広いメニューだ。牛肉を使ったステーキもあれば、豚肉を使ったステーキもある。味付けも多種多様で、ソース一つで味も変わる。

今回は、豚肉を使うことにした。

（創造召喚）

想像して呪文を唱え、材料を出す。まな板の上に、いつも店で使っていた豚肉が出てきた。

豚肉といってもこれまた沢山の種類がある。その中でも代表的なのはイベリコ豚ではないだろうか。知名度が高く、尚且つ焼いたら柔らかく、舌の上で溶けるような感じがするのが特徴だ。

しかし、俺は高級食材が好きになれない。

実家がお金持ちだったからということもあり、そういったものも幾度となく食べてきた。美味しいのは確かだが、俺の中での評価は低かった。

工夫が無い。それが嫌だった。高級食材は大体が味そのものが良いため、本来の味を生かした料理になってしまう。俺はそれに納得がいかなかった。

普通の食材でいかに工夫して美味しいものを作るか。それが俺にとっての料理だった。味付けも庶民的なのがいい。本来の味を生かすのが悪いとは言わない。でも、俺はあえて「普通」にこだわる。それがこの店の料理だ。

ということで、俺の目の前にあるのは、普段スーパーなどで見かける、高くも安くもないいたって普通の豚肉だ。これを調理する。

まずは豚肉に切り目を入れる。交差するように丁寧に。深く切りすぎないよう注意だ。

切り目を入れたら玉ねぎを取り出す。創造召喚……以下省略。これをみじん切りにして、その中にまんべんなくつかるように豚肉を数分間置き、取り出して塩・コショウを振ってから、隠し味に早速ルコルの実を使う。今回はソースもいらない。味付けはシンプルでも、高級食材と同じような味になるように工夫してある。

良く焼けたら、熱した鉄板に載せて運ぶ。もちろん炊き立てのご飯もつけて。

「熱いので気をつけてください」

お客の兵士の前に鉄板を置く。相手は見たことのない料理に一瞬戸惑う素振りを見せたが、自信ありげな俺の顔を見て変なものではないと思ったのか、フォークとナイフを手に取った。

兵士がナイフでステーキを切り分けると、切り口からふんわりと美味しそうな匂いが立ち上ってくる。それをフォークで刺し、口に運んだ。

「何だ……これは」

兵士は口の中に広がる味にただ酔いしれている。俺はニコニコとその様子を見ていた。これこそ地球の料理の力だ。やはり地球料理は売れる。そのことが俺の中で本当に確信できた瞬間だった。


俺は料理を待つ間、店に入ったことを心底後悔していた。

今日は給料が入ったので、美味しいものでも食べようかと通りを歩いていた。すると、以前は何も無かったところに突然店が出来ており、気になって入ったのだ。

店の中は見たことのない内装がされていて、心底不思議な感覚に襲われた。一人の男性に出迎えられ、その男性に促されるまま席についた。

テーブルの上にはメニューの類が一切無かった。店の男性は、何でもいいので食べたい料理を言ってください、と言う。

ここで俺は後悔し始めた。

初めての店にはあまり良い印象がない。美味しい時もあるが、まずいことがほとんどだからだ。オススメの料理も無いようでは、尚更のこと期待が持てない。

男性の顔を見ると、料理を決めてくれと言いたげだった。本人はポーカーフェイスでいるつもりだろうが、俺は伊達に兵士をしていない。表情からすぐに本心を読み取れる。

さて、何でも良いと言われたので、ハズレの少ない料理を作ってもらうことにする。そこで真っ先に頭に浮かんだのがステーキだった。

これなら簡単だろう。単に肉を焼くだけなら俺だってできる。まあ、それを料理と言えるのかはわからんが。とにかく、ステーキなら大丈夫だろうと決めつけて頼んだ。

注文を聞くと、男性は厨房に入っていく。間もなくして、料理の音が聞こえてきた。途中、何かをどんどん切っていく音が聞こえてきたのだが、ステーキを作るのにそんなことをする必要があるとは思えない。心配になってくる。

その後、肉を焼き始めたのか、店の中に良い匂いが立ち込めてきた。悪くない匂いだ。少し心配が減る。

そして今、いよいよ男性が料理を運んできた。

俺の目の前に皿が置かれた。いや、正確に言えば、鉄板が置かれた。何事かと思い男性の方を見るが、いたって普通の顔をしていたので警戒を解く。

しかし考えてみると、これは良く考えてあると思う。鉄板に熱を通しておいて、その上に載っているステーキが冷めないようにする工夫なのか。

一方、ステーキ自体はソースもかかっておらず、とてもシンプルな見た目だ。ステーキの上には何か乗っているのだが、細かく刻んであるためなんだかわからない。多分、さっき聞こえてきた包丁の音は、これを切っていたのだろう。

鉄板とは別に、白いものが載った皿もついてきていた。これは食べ物だろうか？　初めて見る。これでも多くの食材を食べてきたつもりだが、まだ知らないものがあるとは思わなかった。

そう考えると、このステーキも何の肉なのかわからない。火が通っているせいもあってこれまた判断しにくい。この問題は食べればわかることなので、よしとしよう。

フォークとナイフを持ってステーキを切り、ひと切れ分を口に入れた。

その瞬間、なんとも言えない美味しさが口いっぱいに広がった。噛めば熱々の脂が染み出てきて、何より一回噛むだけで肉が溶けて無くなった。

柔らかすぎて驚いた。今まで食べたステーキの中で一番の柔らかさだ。こんなに柔らかいステーキが食べられるところは、世界中を探したってあまり無いと思う。あっても高級店に限るだろう。

肉の味の次に、ほんのりとした甘さが続く。甘い、と言ってもあくまで食材そのものの味だ。多分、この甘さの正体はステーキの上に載っている刻まれた何かだろう。炒(いた)めてあるようだが、こんな食材はやっぱり知らなかった。かろうじて、ルコルの実が振ってあるのだけはわかる。

俺はこの料理について男性に聞かざるをえなかった。こんな料理は初めて食べた、是非(ぜひ)とも自分の家でも食べたいほどだ。せめて食材だけでも聞き出したい。

「いったいこのステーキはなんなんだ？」

「この料理の名前はシャリアピンステーキと言います」

男性は俺の質問に丁寧に答えた。

シャリアピンステーキ。これは、日本独自のステーキだ。歯の痛みに悩まされていたオペラ歌手、フョードル・シャリアピンの「柔らかい肉が食べたい」という注文に応じるべ

く作られたため、この名前がつけられた。

玉ねぎには肉のたんぱく質を分解する作用があり、それを利用しているわけだ。普通の肉をいかに柔らかくするか。その答えの一つがこれである。

「肉が柔らかく、シンプルな味付け……肉の上に載っている炒めたものからもほんのりとした甘みが出て美味しい。ルコルの実が後を引いて、なお美味しくなる。しかし、こんな肉があったか？　モンスターの肉ではないのか？　それにこの甘いのは何だ？」

兵士が料理の感想を言っていく。結構、的を射た感想を言うので、俺は少し驚いた。

「肉は豚肉。炒めたものは玉ねぎという野菜を使っております」

「タマネギ？」

「はい。玉ねぎは生のまま食べると辛くて食べづらいですが、脂で炒めていくと甘くなり、何の調理にでも使えるようになる、万能な野菜です。似た食材に、タマクというものがありますね」

タマクとは、市場で見た玉ねぎもどきのことだ。

「確かにタマクに似ているな……玉ねぎか……聞いたことのない食材だ」

そう呟きながら、兵士は炒めた玉ねぎを食べる。この世界の人にとっては新鮮なのかもしれないな。

その時、兵士の皿を見て気づいたことがある。米に手をつけてないのだ。

「お客様。米は召し上がらないのですか？」

「コメ？　この白いものか？」

「はい、そうです。肉と一緒に食べると大変食がすすみますよ」

「米は主食なのか？」

「はい。米はパンと同じく主食になります。当店では主食はパンではなく、米になります。パンもお出ししますが、大半は米が出てくると思ってください」

この世界にも米は無いわけではないようだが、高級品ということだったので、あまり普段は食べられないはずだ。スズヤさんの店でもウィンの店でも、パンを用意してあった。

兵士は肉をひと口食べ、米に手をつける。最初は少しだけ、そのすぐ後にはかき込むように。

「これはいい。米は肉にとても合う。どんどん食が進む。パンよりも食べやすいぞ」

「米は調理するとご飯とも言います。ご飯と言った方が良いかもしれません」

「じゃあ、ご飯だ。ご飯がなくなった。追加はできるか？」

「もちろんです。よそってきますね」

「ああ、頼む」

その後、兵士は合計二杯ご飯をお代わりしてステーキを平らげた。さすが兵士、食欲旺盛(せい)である。

「ふう〜。美味しかった。当たりだったな、この店は」

「ありがとうございます」

「ああ、まだ俺の名前を言ってなかったな……国王第一騎士団団長のエディル・ルイスだ。ルイスと呼んでくれ」

「フドウシンです。冒険者兼(けん)料理人をしています」

握手(あくしゅ)をすると、良く鍛(きた)え抜かれた手だとわかる。全体がゴツゴツしており、何度も潰(つぶ)れたのかマメが硬くなっていた。

それにしても、団長とは……雰囲気から兵士の中でも偉(えら)いだろうとアタリをつけていたが、そこまで高い位(くらい)の人だとは思わなかった。

「これからはこの店にも食べに来るから、よろしく頼む。もちろん、俺の部下たちにも教えておく」

「ありがとうございます」

「さて、帰るか……いくらだ？」

「銀貨八枚です」

「うむ。そんなに安いのか。こんなに美味しいから、てっきり一五〇〇ピコは取られると思った。やっぱり部下たちにも紹介するとしよう。こんなに安くて美味しい店は中々無いからな。絶対に喜ぶ」

ルイスは値段を聞いて安いと言ってくれたが、俺の中では色々考えてこれだから、そのままで良しとしよう。部下たちにも紹介してくれるというのはありがたい。

「はい、銀貨八枚。またよろしく」

「ご来店ありがとうございました」

ルイスが店から出て行き、開店から一人目の接客が終わった。

手応えは充分だ。俺の料理はこの世界でも通用するとわかった。しかも、レベルは高い方だと思う。

俺はルイスが食べ終えた皿を片付けていき、テーブルを綺麗にして、次のお客様が来るのを待つことにした。

6

初めてのお客様としてルイスが来てから、一週間が経った。あれからというもの、俺の店の評判はうなぎのぼりで、今や毎日たくさんのお客様が来ている。

お客様は大体が兵士だ。まあ、宣伝は口コミが主(おも)なので、兵士であるルイスさんが紹介してくれたらそうなるのか。

「シャリアピンステーキ下さい。ご飯もつけてください」

「こっちにもお願いします。あと、ご飯も」

「ご飯のお代わり、お願いします」

今のところ、注文の全てがシャリアピンステーキだった。

接客係がいないこちらとしては、手間が省(はぶ)けてありがたいことなのだが、一向に店のメニューが増えない。未だにシャリアピンステーキ一つだけというのはどうなんだ。この方法は失敗だったと、今更(いまさら)ながら後悔している。

無限に使える創造召喚で、肉を大量に持ってくる。もちろん玉ねぎも大量にだ。こんなにも多くのシャリアピンステーキを頼まれると、みじん切りするのがめんどくさいので、機械に頼った。ミキサーはやっぱり画期的(かっきてき)だと思う。

そもそも、この世界に電気を作る技術はないのだが、ではどうやってミキサーを動かしているのか不思議に思われるかもしれない。魔法である程度代替することも可能だろうが、普通の人の魔力は無限ではないので、そっちの方面は発達していなかった。

じゃあ、どうやってこの店の電気は補充されているのか……実はこの建物は、太陽光発電を採用していた。それと予備電源まで完備されており、雨が降っても困らないというわけだ。ガスや水道も同様に、何とかなっている。

コンロにフライパンを二つ並べて、次々に焼いていく。一つ焼いたら次へ、また一つ焼いたら次へ、と何回も同じ作業を繰り返す。その合間に、料理が冷めないうちに客席へ運ぶことも忘れない。

やはり、一人でレストランを回すのには無理があった。今のところ満席とはいかないが、だいたいの席が埋まっている。注文がシャリアピンステーキばかりなので、メニューを聞かなくて済んでいるが、作っては運ぶ、作っては運ぶというのは効率が悪い。

今考えてみると、スズヤさんの店が対面式だった理由がわかったような気がした。一人だったら対面式の方がやりやすいのだ。ウィンの店は論外だ。あんな魔法の使い方なんて知らない。

まあ、今更愚痴を言っても仕方がない。今日を乗り越えるために、同じ料理を作り続けた。

何とか乗り越えた……疲れがどっと体にのしかかる。

明日は店を休みにすることにした。これは急遽、接客をしてくれる人材を確保しに行くことにしたからだ。商売繁盛のためだから休むのも良しとする。

さて、どうすればいいのだろうか？　普通にやっていては、一日やそこらでは見つからないだろう。仕方なく、俺は最終手段をとることにする。

お金の心配はいらない。この一週間で結構な額が貯まっている。材料費とか人件費とか経費が何もかからないから、貯まる一方だった。後は決心するだけ。この手段は良いものではないと思うが、手っ取り早い。

そう、俺は奴隷を買うことにした。

奴隷制度。俺がいた地球ではあり得ない仕組みだ。やはり異世界となると、奴隷というものも当たり前なのだろうか？　そう考えると悲しくなってきたりもする。

しかし、せっかくそうした制度があるのだから使うと決めた。可哀想だからと助けようとしているわけではない。あくまでもこの世界に対応することにしたのだ。

奴隷制度について、簡単に説明しておこう。

奴隷は、自分を買った者を主人として契約を結ぶ。

主人の命令は絶対で、奴隷は一切逆らえない。

しかし、一方で主人側にもルールがあり、奴隷に対してあまり無理な要求をしないことや、最低限の生活を与えることなどが決まっている。つまり、命に関わる命令をしてはいけない、しっかり食事を与える、ということだ。

奴隷となる人には、大きく分けて三種類ある。

まずは定番、犯罪を犯して奴隷落ちする者。この理由で一度奴隷に落ちると、もう元に戻ることはできない。そうすることで犯罪を抑止しているのだが、あまり減らないらしい。これは騎士団団長であるルイスからの情報だ。

二つ目が、借金を抱えて自分の身を売るパターン。このパターンが最も多い。中には性質の悪い奴に騙されてしまった結果そうなる者もいるが、それは騙された方が悪いと見なされてしまう。胸糞悪いが、それが常識ならしょうがない。まあ、証拠などが見つかった場合は騙した方もそれ相応の罰が与えられるなど、中々実行できないように工夫はされている。

最後の三つ目は、孤児だ。この世界には、孤児院または教会での引き取りなどは無いみたいだ。親と死に別れたり捨てられたりしたら奴隷になる。これが当たり前なのだ。

産んだのに捨てるなど俺には絶対に考えられないが、地球でもそうする人はいた。だから孤児院はなくならず、今でも多くの子供たちが捨てられているのだ。どの世界でも人間はあまり変わらないということなのだろう。

取引される額の相場としては、犯罪を犯した者が一番安く、借金を抱えた者が一番高い。ただし、性別、年齢、怪我の有無など、色々な条件で変わってくる。一番高くなる条件は、借金で身を売った女性で、二〇歳ぐらいの怪我無し美人ということだった。価値が高ければ、奴隷の中でも有利に立てる。儲けられるから、奴隷商人たちからの扱いが良いのだ。

さて、今は奴隷を売る市場に来ている。ルイスに聞いて、この場所を教えてもらった。

ルイス、ルイスと気軽に呼んでいるが、実は向こうの方が一〇歳年上だ。話をしているうちにタメ口で良い、名前も呼び捨てでいいと言われて、今にいたっている。おかげで、ルイスとは何かと友達感覚で接することができる。団長と気楽に話せる料理人は中々いないみたいで、部下の騎士団員たちは俺が何者なのかと困惑していた。

ただ、俺が奴隷を買いたいと相談したら、ルイスは「おう、お前もそんな年頃なんだな。仕事ばっかりじゃ体が持たんだろう。紹介してやる」と、何か勘違いをした様子だったが。

確かに少しは色々考えなかったわけではない。しかし、奴隷を買うのはあくまでも接客をしてくれる人材の確保のためであって、何もやましくはないのだ。

ちなみにルイスには奴隷が三人いるみたいだ。その中の一人は奥さんで、二人はメイドとして働いてもらっているらしい。奴隷から騎士団団長の奥さんへ。シンデレラとまではいかないが、大した成り上がりだろう。

主人と結婚すると、奴隷という肩書きを消すこともできる。しかしルイスの奥さんは、このおかげでルイスに会うことができたのだから、と言ってそうしなかったという。奴隷とはそれほどまでに、主人に対して忠誠を誓うようだ。

　そうこうしているうちに、ルイスが紹介してくれた奴隷商人のところに辿り着いた。今までの通りでも多くの奴隷商人たちが奴隷を売っていたが、ここはずいぶんひっそりとしていた。地下に降りる階段まであり、隠しているみたいだ。

　階段を降りていった先には木の扉があり、俺はその扉を開けて中に入った。

「いらっしゃいませ」

　そこには、背が低めで小太りの男性がいた。仮面で顔を隠していて、いかにも怪しい雰囲気を醸し出しているが、騎士団団長のルイスが紹介してくれたところだ。ちゃんとした奴隷商人なのだろう。うん。そう信じたい。

「ルイス様の紹介でいらした、シシさんでお間違いないですか？」

「はい、そうです」

「話は伺っています。準備は整っておりますので、ご案内します」

　奴隷商人が奥に歩いていく。俺はそれにただついていく。

　そもそも俺は、ルイスにどんな奴隷がいいのか言った覚えがない。店の接客係として働かせることも言っていないのだ。それで、何をどうやって奴隷商人に伝えたのか……嫌な予感しかしない。

「こちらになります」

案内された先には大きな鉄の扉があり、奴隷商人はその扉を開けて中に入るよう促してきた。俺はおずおずと扉を潜(くぐ)る。

中では、五人の女性が生まれたままの姿で立っていた。

「ブフッ」

見た瞬間に目をそらしてしまう。おまけに鼻血まで出てきた。やばい、無理だ。

後から中に入ってきた奴隷商人は、俺の状態を見て、どうしたのかと首を傾(かし)げていた。

「まずは全員に服を着せてくれ‼」

俺はそう言って、奴隷商人と入れ替わりに部屋から出て、鉄の扉を閉めた。

どうやら、俺には耐性がなかったようです。ルイスよ……絶対に恨(うら)むぞ。

少し時間が経ち、鉄の扉から奴隷商人が出てきた。服を着せたので、もう一度見てほしいそうだ。

鼻血は既に止まっており、もう大丈夫。また部屋の中に入る。

さっきと変わらず女性が五人。今回は皆、薄い布の服を身につけていた。さっきよりもましだから良しとする。

どの女性も健康そうで、美人だ。年齢は二〇ぐらい、スタイルもスラッとしている。地球なら全員アイドルになれるんじゃないかな……そのぐらい綺麗だった。選び抜かれた五人なのだろう。

しかし、俺は魅力を感じなかった。選ばれたいがための笑顔……それが嘘っぽくて、嫌いだった。奴隷になった時点で、生き抜くためには買ってもらうしかない。それは俺にもわかる。だが、俺が求めているのはこういった笑顔ではない。

確かに営業スマイルは重要だ。だけど、目の前の女性たちのものは、それとは少しだけ違うような気がする。心からの笑顔を作れる人材が欲しかった。

この女性たちはどういった基準で選ばれたのだろうか？　ルイスのことだ。どうせ、勘違いしたまんま伝えたのだろう。

「すみません。ルイスからはどういった条件で聞いていましたか？」

「お金は持っているから、若くて良い女性を……と言われました。ですので、こちらも胸を張ることのできる女性を並ばせていただいております」

やっぱり、おかしいと思った。最初見た時に裸だった意味がわかった。

俺は自分の欲望のはけ口のために奴隷を買うつもりは無い。ルイスの勘違いもいいところだ。次、店に来たら仕返ししてやろう。

さて、俺はこの中からは選ばず、他の女性を見ることにした。さらに、できれば孤児の中から選びたいと告げる。

奴隷商人は残念そうにしていたが、切り替えは早く、俺を次の場所に案内してくれた。新しい条件は、女性、孤児、一五~二〇歳ぐらい、と伝えてある。そんなに厳しくはないと思う。

条件に合う人物は四名いた。案内された先は、さっきのような立派な扉の部屋ではなく、牢屋だった。あの部屋はあらかじめ準備しておいて見せるための場所で、本来は奴隷は牢屋に入れられているらしい。そう奴隷商人が説明してくれた。

鍵を開けてもらい、牢屋の中に入った俺を、四人の女性が見つめた。

最初の印象としては、皆、目が死んでいた。さっきの女性たちとは違い、どこか虚ろというか、弱々しい。

ひと通り女性を見てみる。

一人目の女性は一八歳ぐらい。すっと伸びた黒髪で、スタイルは良い方だろう。しかし、さっきの女性たちと比べると少し痩せ細っているように見える。これが、孤児と自ら身を売った人の違いなのだろうか……

二人目は二〇歳より上ぐらい。俺から見ればお姉さん的な印象だった。茶髪で、目は虚ろだが優しい笑みを浮かべていた。この女性の後ろに隠れるようにもう一人女性がいて、それを守るようにしているところがお姉さんに見えるのかもしれない。

三人目は、二人目の女性の後ろに隠れるようにしている女性。女性というより、女の子と言った方が良いかもしれない。一五歳ぐらいで、まだ大人になりきれていない感じがする。濃い青の髪で、髪型はショート。なんといっても猫耳と尻尾がある！　さいかわ～。

四人目は……牢屋の隅でうずくまるように体育座りをしている。これまた女の子というべき見た目で、おそらく一五歳ぐらいだろう。腕、足をはじめ、体中にちょっと見てわかるくらいたくさんの小さな傷がある。赤髪でショート。頭には長い耳がついていた。狐のような耳だ。

「傷は前の主人がつけたものです。虐待が酷く、この奴隷商会に売られてきました」

「どうして傷を治さない。やろうと思えばできるだろう。魔法があるし……」

「もちろん、治すことはできます。しかし、売れるかわからない孤児に使うことはありません。だからそのままなのです」

「そうか……」

もう一度、赤髪の女の子を見る。酷い仕打ちをされてきたのだろう。女性たちは皆虚ろだったが、その中でもこの子が一番死んだような目をしている。笑ったら可愛いと思うのに……残念だ。

「決められましたか？」

奴隷商人が聞いてきた。再度、四人を見る。

一番欲しいのは猫耳の女の子。しかし、あの怯えようで接客ができるかというと、無理がありそうだ。何より、自分が話しかけても心を開いてくれないと思う。

それなら、とうずくまっている赤髪の女の子に自然と目線がいった。せっかく異世界に来たのだ。自分の店でも亜人に接客をしてもらいたいと思ってしまう。差別も無いようだし、大丈夫そうだ。さてと、どうしたものか……

赤髪の女の子は心を開いてくれるだろうか。自分はこの女の子に何かできるだろうか。

そういったことをきちんと考えてから、決めた。

うん……買おう。迷ったが、赤髪の女の子を買うことにする。

同情していないとは言い切れない。しかし、純粋にこの子の明るい笑顔を見てみたいと、本当に思っていた。

「あの子をくれ」

赤髪の女の子を指差して奴隷商人に伝える。

「本当に良いのですか？」

「ああ。その代わりと言っては何だが、傷が目立たないように回復魔法をかけてくれ」

「はい、そのぐらいでしたらサービスさせていただきます。ただ、完全に治すとなると別料金になりますが……いかがいたしますか？」

「サービス分でいい」

「かしこまりました」

奴隷商人は赤髪の女の子を立たせ、連れて来る。

女の子は、どうして私を？　と言いたげな顔をしていた。俺は膝(ひざ)を折って、赤髪の女の子と目線を合わせる。

「俺の名前はシンという。君の名前は？」

「……エリ」

「エリか……これからは俺が主人になる。よろしくね」

そう言って手を差し出す。エリはその手を見つめてから、次に俺の顔を見て、口を開いた。

「あの……どうして私なのですか……私は可愛いくもなく、小さいし……傷も沢山ついているのに……」

ポツリポツリと、エリの目から涙がこぼれてくる。

「親から言われました……お前は出来損ないだと……だから、私はここにいる。前の方も私のことを出来損ないだと言って痛めつけました」

死んだ目に、少し光が戻ったような気がした。

「俺はエリの過去を知らない。両親からどんなことを言われたのかも知らない。でも、はっきりとこれだけは言える。この世界に出来損ないなどいない。誰しも、できることとできないことがある。だから、エリは出来損ないなんかじゃないんだ。ただ、まだできることが見つかっていないだけ……それを俺と一緒に探そうか」

すごくクサい台詞だったと思う。これは後で思い出すと恥ずかしいレベルだ。でも、正直にこう思ったから、そのまま伝えただけに過ぎない。

俺の言葉を聞いたエリの目から、どんどん涙が溢れてきた。どんどん、どんどん。エリの目はもう死んでなどいない。しっかりと前を見据えた目に、生きた目に戻っていた。

「だから、俺の奴隷になってくれるか?」

「……はい‼」

エリは俺が差し出した手を力強く握った。

そこには、にこやかな笑顔があった。純粋な笑顔……俺はこの笑顔ができる人材が欲しかったのだ。

エリはいったん奴隷商人に連れて行かれる形で俺と離れた。傷の手当てと、街の中を歩いていても大丈夫なように簡単な服を着せるらしい。心配そうにエリが見てくるので、大丈夫だから、と言って行かせた。

俺は入り口でエリを待つことにした。それにしても、あの奴隷商人は空気が読めるやつだ。俺があんなクサい台詞を言っても、ひと言も笑わずにただじっと隣で立っててくれていた。仮面をつけていたため表情がどうなっていたのかわからないが、恐るべし奴隷商人、だ。

「ご主人様～」

やがて、奴隷商人とともにエリがやってきた。あれほど暗かった表情が、今ではとても明るい笑顔だ。ここまで変わるとは思わなかったが、良いことなので良しとする。

傷もいくらか改善されている。ぱっと見ぐらいではわからない程度にはなっていた。ちゃんと仕事をしたら、傷がなくなるようにしてやる予定だ。

俺はきっちり奴隷商人にお金を払った。結構手持ちが減ったが、まだまだ余裕はある。

ここ一週間の稼ぎはずいぶん多かったみたいだ。

そして、俺とエリの手の甲に印鑑が押された。奴隷契約の紋章を刻むためだ。この紋章は押された瞬間、すぐに消えた。

これで奴隷の登録は終わりみたいだ。いたって簡単に見えたが、あの紋章には様々な複雑な魔法がかかっており、奴隷契約に違反する行動をとると内側から痛めつけるようになっているという。紋章は契約の数だけあり、奴隷と主人に同じ紋章が刻まれる。とにかく、今から俺とエリは主人と奴隷の関係となった。

「それじゃ、行くかエリ」

「はい‼」

「ありがとうございました」

エリを連れて外に出る。エリは久しぶりの外を見て、目がキラキラしていた。本当に変わったな……あまりの変化に俺の方が戸惑うぐらいだ。

今の状態のエリを野放しにしていると、あちこち行ってしまいそうで怖い。その対策のため、エリと手をつないで離れないようにして、道を歩いていく。

ここで俺から一つ言っておきたいことがある。

一五歳ぐらいの女の子と手をつなぐ年上の男。時々、痛い視線を感じるが、うん、勘違

いされてもおかしくはない。だが、断じて宣言する。俺はロリコンではないからな‼

それはさておき、俺たちは手をつないだまま、店に向かって歩いていた。視線が痛いが、気にしたら負けなので気にしない。そう、気にしない。

道中、エリに色々と聞いてみた。エリも包み隠さず話してくれて、話しづらいであろうことまでちゃんと教えてくれた。

エリは、俗に狐族と呼ばれる種族らしい。非常に珍しい種族で、基本的には森の中で目立たないように静かに過ごしている。

そこだけ聞くと、俺が想像するのはエルフだった。森に隠れて過ごすところなど、よく似ている。しかし、それはあくまでも俺の中でのイメージの話であり、実際はこの街の中でもエルフをよく見かける。森の中で過ごしているが、隠れてはおらず、人間と友好的に過ごしているようだ。

話が逸れたが、簡単に説明すると、狐族はあまり他の種族と交流はしないとのこと。そこだけ押さえればいいだろう。

何故、交流をしないのか。理由はちゃんとある。ひと言で表すと、狐族は強い。それが理由だった。

他の種族よりもステータスが高く、また魔法の素質も充分にあるとされている。また、狐族にしか使えない固有魔法もあるようで、そこでも他の種族との差が生まれるようだ。戦闘種族と言っていいだろう。

そして、強いからこそ狙われる。誰しも強い助っ人を得たいものだ。そう、奴隷にしてでも……と考える者だっている。だから、隠れて過ごしている、とエリは言った。

そんな環境の中で育ったエリだが、彼女自身は落ちこぼれだったようだ。ステータスも、人間からすれば高い方らしいが、狐族としては最低クラス。また、魔法についても火の魔法の初歩的なことしかできず、さらに追い討ちをかけるように固有魔法も使えなかった。

それはもうどうしようもないことだったので、エリの家族はエリのことは見捨てて、一つ年下のエリの弟に全てを託して育てるようになった。

その弟は、エリとは逆に何でもできた。エリができないことをいとも簡単にこなしてみせ、固有魔法も最上級のところまで使えるようになる素質がある、と認められた。一〇年に一人の天才とまで呼ばれていたようだ。

両親は毎日弟に付きっきり、エリには一切見向きもしない。声をかけるのは「出来損ないが‼」とさげすむ時ぐらいで、その度に殴られた。そんな日々が続いてとうとう捨てられ、そして今に至るらしい。

全身についた傷についても聞いてみた。それは俺の前に彼女を買った主人によるものだとは聞いていた。その理由は、強いと噂の狐族だから使えると思ったのに、大したことがなく、それに苛立って虐待したらしい。

酷いものだ。自分勝手な想像を裏切ったからとやりたい放題。それがこの世界における奴隷の扱いなのだろうか。

エリが話をしている間、俺は黙って相槌をうつだけだった。今はただ聞いてあげることが重要だと思ったからだ。

辛い過去があったものだ。しかし、力が無いだけでそんな仕打ちはどうなのだろうか。それが狐族のルールだったとしても、俺はそのルールが正しいとは決して思わない。力＝価値。そんなのおかしいだろう。

今、俺がエリにできること。それは慰めじゃないと思う。自分が何故生きているのかという価値を探してあげること、じゃないだろうか。だから、エリにはたくさんのことを教えて、たくさんの楽しさを体験してほしいと、俺は思うのだ。

まあ、俺にできることなんてたかが知れている。料理について教えてあげられるくらいだろう。でも、料理を通して楽しさを伝えることができるかもしれない。料理が価値を見つけてくれる。俺はそう信じることにした。

エリの話が終わった時、俺はニッコリと笑いかけた。彼女もつられて笑顔になる。自分のことを話してスッキリしたのだろう。

思いを共有できる人がいる。それ以上に心強いことはないのだ。

7

いつの間にか店の前に着いていた。時刻は大体正午。早くから奴隷商人のところに行っていたので、まだ半日残っていた。

丁度、昼時である。何か食べるとしよう。

「エリ。ここが俺の……いや、俺たち二人の店だ」

エリが店を見つめる。まだここで接客係として働いてもらうことは言っていない。だから、さっきの言葉の意味もあまり伝わらなかったと思うが、ここが何の店なのかはわかったようだ。

「料理……店？」

「そうだ。さあ、中に入ろう。お腹が空(す)いた。まずは昼ご飯を食べよう」

俺はエリの手を引いて店の中に入った。それから彼女を椅子に座らせる。

エリは落ち着きなくあちこち見回している。目に映るもの全てが新鮮なのだろう。

「それじゃあ、今から昼ご飯を作ってくるから、ここに座っていてくれ」

そう言って俺は厨房に入った。すぐ出来る簡単なものを作るとしよう。さて、何にするか……簡単なもの……簡単なもの……そうだ。あれを作るか。

それじゃあ、まずは……と、そこで何か視線を感じた。視線を感じる方を見ると、エリが厨房の入り口から覗(のぞ)いていた。座っていてくれと言ったのだが……まあ、いいか。中に入ろうとはしていないから。料理に興味を持ってもらえるのはいいことだ。

気を取り直して……昼ご飯はオムレツを作ろうと思う。中が半熟でトロトロのオムレツだ。材料は卵だけなので、シンプルで簡単である。

(創造召喚)

卵、塩を持ってくる。味付けはこの塩のみでもいいが、カクテルソースをかけても美味しい。

フライパンはオムレツ専用のものを使う。普通のフライパンよりも小さめで鉄製だ。

始めに、フライパンに油を敷(し)いてから、弱火で温める。これは、フライパンの表面に油の膜(まく)を作り、卵がこげついてひっつかないようにするための作業だ。オムレツ以外に、卵焼きとかでもこの方法を使う。温まったら、また大さじ一くらいの油を敷く。

卵の数は一個。塩で味を整えて、箸でしっかり溶く。ポイントとしては、切るように混ぜること。

ここまでの下準備ができたら、一気にオムレツを作っていく。油を敷いたフライパンに溶いた卵を入れる。卵が充分固まるよう三秒待ち、それからフライパンと箸をいっぺんに動かしてかき混ぜる。そして半熟になったら……

カンッ‼　カンッ‼

フライパンをコンロで叩く。それからフライパンを前に傾けて、広がった卵の手前半分を奥半分に重ねていく。コンロで叩いたのは、卵がくっついていた時に剥がすためだ。

フライパンの柄を叩き、手前半分と奥半分のつなぎ目が見えるようにじりじりと卵をひっくり返していく。コツはフライパンが動かないようにしっかり固めて、優しく柄を叩くこと。強く叩いてもあまり変わらないので、軽くでいい。

箸でつなぎ目をつないだら、さらに柄を何回も叩いて、今度はつなぎ目が下側に来るようにひっくり返す。

一、二、三、四、五。

五秒間火にかけてつなぎ目がくっつくのを待ち、皿に盛る。中はトロトロ、外はふんわりとしたオムレツが出来た。

一応、エリのためにカクテルソースを作る。冷めないうちに食べられるよう、今回は簡単にウスターソースとケチャップを混ぜるだけでいい。一点に集中するようにオムレツの上にソースを垂らしたら完成だ。

エリはオムレツの作り方を凝視していた。よく考えると、奴隷の時の食べ物はどうなっていたのだろうか……これは後で聞くことにしよう。今はまず実食だ。

エリを近くに呼んで、オムレツをテーブルまで運ぶように言う。俺はその間にオムレツをもう一つ作った。

そうしていよいよ食べる段になり、俺が椅子に座っても、エリは一向に座らない。

「どうしたんだ。早く食べよう」

「私は奴隷なので……」

ああ、なるほど。奴隷だから、主人と同じところで食べるのは躊躇するということか。上下関係がある限り、しょうがないことだ。でも、これは命令一つで解決できる。

「エリ。座って一緒に食べよう。食事は一人で食べるよりも二人で食べる方が美味しい。これは命令として捉えてくれ」

「わ……わかりました」

エリはまだ少し躊躇していたが、すぐ椅子に座ってくれた。それを見て、俺は手を合わせる。

「いただきます」

エリもそれを真似(まね)て、いただきますと言ってから食べ始めた。

一つ気になっていたことがある。この世界には、合掌(がっしょう)というものがないみたいだ。これまで客に料理を提供する時にいつも確認していたが、誰一人そうしている人はいなかった。これは改善しなくてはいけないことだろう。感謝の心は必要だと俺は思う。

さて、食べるか。箸を使い、ひと口サイズに分けて食べる。エリにはスプーンを渡して食べてもらった。

私のご主人様であるシン様は、とても優しい方です。初めて会った時から私の過去をしっかり聞いてくれたし、何より私を買ってくれました。

ご主人様は自分の店を持っており、私と手をつないでそこへ連れて行ってくれました。周りからの視線があり、少し恥ずかしい思いもしましたが、嬉(うれ)しいという気持ちが大きすぎて、逆に心地(ここち)よくも感じました。

外の風景は私にとって新鮮でした。だって三年ぶりなのです。歩いていくと次々と風景が変わり、街は大勢の人で賑わっていました。

そうして通りを歩いていくと、一軒だけ変わった店がありました。ご主人様の店は人通りが多いところに立っていました。ここまで歩いてくる間に見た店とは違っていてとても目立つことは、私にもわかります。

「ここが俺の……いや、俺たち二人の店だ」

ご主人様が店を紹介してくれます。何の店かと思いましたが、看板にナイフとフォークのマークが見えて、かろうじて料理の店だとわかりました。

「お腹が空いた。まずは昼ご飯を食べよう」

ご主人様が中に連れて行ってくれます。店の中も、外見と同じく変わった感じでした。テーブルと椅子があるというのは料理店であれば当然なのですが……フワフワしたつながった椅子は、いったいなんでしょうか？　あれを椅子と呼んでいいのかわかりませんが、やっぱり座るもののようです。

椅子を見ているうちに、ご主人様は私に何か言って奥に入っていきました。見るのに集中していて何をおっしゃったのかわからず、失敗です。

ご主人様が何をしているのか見に行きました。奥は厨房になっていて、ご主人様は何か迷っています。

　少し時間が経って、何か思いついたのか手をかざします。すると、何もないところから食材が出てきました。

　魔法を使える。これだけでもすごいことです。魔法を使える人間はごく一部で、使えても大抵はレベル1止まり、初級の魔法までです。

　魔法にはレベルがあり、1から5まであります。レベル1が初級、レベル2が中級、レベル3が上級、レベル4が最上級、レベル5が神級、とされています。

　私の弟はレベル3まで使えて、天才と呼ばれていました……天才と呼ばれるのは、レベル4の魔法を使える者が世界中でごく僅かしかいないからです。

　私は奴隷でしたが、世界の知識はいくらかあります。奴隷同士で話していることを聞いていたのです。まあ、知識だけではやっぱりわからないことがあり、外を見ると私の知らないことがたくさんあることを思い知ります。

　話を戻しましょう。そんなわけで、ご主人様が魔法を使えることには驚きました。その中でも空間魔法系を使っていることは、さらに驚きです。

　空間魔法は古代魔法です。古代魔法は現代では失われたもので、使える人はほとんどいません。いえ、それどころか世界に一人しかいないとされているのです。私はもしかしたらすごい人の奴隷になったのかもしれません。

考え事をしていると、いつの間にかご主人様がこちらを見ていました。何か言いたそうにして、その後でにっこりと笑いました。

うーん。今のはなんだったのでしょうか？　……意味がわかりません。

そうこうしていると、ご主人様が料理を作り始めました。料理をする時は危ないと聞いているので、厨房には入らないことにしました。

私は食事にいい思い出がありません。家族の元で出されていたのは、残り物だけ。奴隷生活では生きるのに最低限必要な食事しかもらえませんでした。私にとっての食事とは、ただ生きるためだけに食べるもの。それが当たり前だったのです。

ご主人様は黙々（もくもく）と料理を作っていきます。材料は一つだけなのに手の込んだ作業をしており、でも動きはスムーズです。

あっという間に料理が完成しました。綺麗な黄色の食べ物です。

完成するとご主人様は私を呼び、料理を運ぶように言います。私は命令通りキッチリ運びました。運んだ頃には同じ料理がもう一つ作られており、ご主人様がそれを運んできました。

ご主人様は席に座りましたが、私は立っておきます。料理が目の前にありますが、ご主人様と一緒に食べるのは奴隷としておかしいので、我慢です。

正直に言えば今すぐにでも食べたいのですが、我慢です。まともな食事は久しぶりなのです。

でもご主人様は私に座るように言いました。一度は丁寧にお断りしたものの、命令という形で一緒に食べることになりました。本当に優しい方です。

ご主人様はお箸というもので食べ、私にはスプーンを用意してくれました。

私はお箸の使い方を知りません。後でご主人様に聞くことにしました。ご主人様のところでは必須なことだと思ったからです。できれば、折角なのでご主人様と同じスタイルで食べたいものです。図々しいかもしれませんが……

スプーンで黄色い料理をすくいました。中は半熟になっており、とろーんととろけています。なんでしょうか……綺麗です。

ご主人様曰く、この料理はオムレツというものだそうです。私は意を決して、スプーンを口に入れました。その瞬間、口の中全体にフワッとした感触が広がりました。

見た目通りのフワフワ感に加え、中身はとろーっとしています。あまりの美味しさに私の顔がにやけてしまったのも仕方のないことです。

ご主人様は私の顔を見て満足したのか、自分のオムレツを食べ始めました。私も二口目を食べます。

外はフワフワで中はとろーり。いったいどうやってこの料理を作ったのでしょうか。作っているところを見ていたのに、さっぱりわかりません。材料も二つぐらいしか使っていないように見えたのですが……疑問ばかりが浮かびます。

これが、私が初めて料理に興味を持った瞬間だったのかもしれません。私はご主人様に聞いてみることにします。

「ご主人様……このオムレツはどうして外はフワフワで中がとろーりとしているのですか？」

「ご主人様はやめろよ……」

「それはいけません。私は奴隷です。名前をお呼びすることは無礼(ぶれい)にあたります」

「そんなことを気にしなくてもいいのに……」

「ダメです。そこは譲(ゆず)れません」

「わかった。わかったよ」

ご主人様はそう言って、このオムレツの秘密を教えて下さいました。

このオムレツの材料は卵とのことでした。ひと口に卵と言っても、ドラゴンだったり蛇だったりたくさん種類があります。その中で、今回使ったのは「鶏(にわとり)」だそうです。

そんな生き物は、見たことも聞いたこともありませんでした。鳥型の魔物の一種でしょうか？　ただ単に私が疎いから知らないだけなのでしょうか？

とにかく、鶏の卵一つだけで、このオムレツは出来ています。たった一つの材料で、あのフワフワととろーりという二つの感触を作れることに感動します。

作り方は見ていたのでわかります。なので、何故二つの感触ができるのかだけ教えてもらいました。

ご主人様曰く、卵というのは元々液状のものだそうです。そう言いながら、ご主人様はどこから取り出したのか卵を一つ、目の前で割って中身を見せてくれました。確かに液状です。卵全般がそうみたいです。

この液は、火を入れると固まる性質があります。どうして固まるのかと聞くと、ご主人様は困った顔をして、固まるから固まる、とおっしゃいました。詳しく聞きすぎたかもしれません。

しかし、固まるといっても、そのまま焼くと目玉焼きという違う種類の料理ができるようです。

卵を割ったらよく溶いて、黄色の液を作ります。これをそのまま焼いてもフワフワにはならず、上手に作るためのポイントがいくつもあって、料理人の腕にかかっているみたいです。

「じゃあ、やって見せようか？」

私があまりにも何度も聞くので、近くで作るところを見せてくれることになりました。本当にご主人様は優しい方です。

厨房に入り、フライパンを温めます。さっきとは違ってとても近くです。なんだか楽しい気分になりました。私はウキウキしながら、ご主人様がオムレツを作るところを観察します。

どうしてこんなことになったのだろうか……フライパンを温めながら考える。オムレツを作り、エリと一緒に昼ご飯を食べようとした、それだけだったのだが……

今俺は、またオムレツを作る準備をしている。オムレツを食べ始めたところまでは全然良かった。その後がちょっと変な方向に曲がっていった。

ひと口食べたエリは、よほど美味しかったのか、オムレツという料理に興味を持ってくれた。どうしてオムレツはフワフワしていて中がとろーりとしているのかを知りたがった。

興味を持ってくれたことが嬉しくて、俺もわかる範囲で教えてあげた。

まだ、ここまでは良かった。エリの質問は止まらず、挙げ句の果てに、卵はどうして固まるのかという質問までしてきた。わかるはずもない。その質問は料理人の範疇の外の質問だ。答えるには多分化学的な知識とかが必要になってくる。

まさか、ここまで興味を持ってくれるとは思わなかった。少しでも気を引けたらいいな……程度の気持ちで食べさせたのだが、思った以上にがっつりと食いついてきた。

嬉しい誤算であるが、限度というものがある。教えてあげようにも、自分が知っている知識しか教えることはできないのだ。ということで、もう見せた方が早いと判断し、今に至る。うん。やっぱりこれは俺のせいなのだろうか……

エリはフライパンをキラキラした目で見つめている。とても面倒くさいが、今更やめるわけにもいかない。だって、そんな目で見られたらやるしかないじゃないか。

今まで通りの手順でオムレツを作ってみせる。その途中で、フワフワととろーりになる理由を教えてあげる。工程的に言えば、卵を入れて混ぜるところだな。

「半熟になるまで混ぜる。半熟というのは、液と固体が半々になるまでということだ。これがとろーりの秘密だな」

そう言いながら半熟の様子をしっかり見せてあげる。エリは頷きながら見ていた。

「フワフワになる理由だが……それは時間が関係する」

オムレツを作りながら説明していく。材料は無駄にしない。作り始めたら最後まで作る。そこだけはきっちりする。

「さっき卵は火を入れると固まることを教えたが、長く火を入れるほどより固くなっていく。だから、フワフワにするにはいかに効率よく作るのかがカギとなるんだ」

ホラよっ、とオムレツを皿に載せる。完成だ。今回もフワフワした綺麗なオムレツが出来た。

「フワフワですね」

エリはオムレツを指でつつきながらそんなことを言う。はしたない。俺はスプーンを取り出してエリに渡した。

「指でつつくな。料理は基本、手で直接触らない。一部例外もあるが、これは行儀や衛生上の問題だ。あまりよろしくないことだから、これからは気をつけること。あと、それ食べていいから」

「わかりました」

そう言うと、エリはすぐにオムレツを食べ始めた。本当にわかっているのだろうか……怪しい。しかし、さっき食べたばかりでよく二つ目を食べられるな。どんだけオムレツが好きなんだよ。

とにかく、これでオムレツの説明は終わりだ。少し長くなったが、エリが料理に興味を持ってくれたことは良かった。これなら接客についても教えていいだろう。明日からまた営業だ。今日中に教えないとな。

オムレツを幸せそうな顔で食べているエリを見ながら、俺は料理に使ったものの片付けを進めていった。片付けを全て済ませた俺は、エリと向かい合う形で椅子に座る。

「それじゃあ、これからエリがやることを伝える。奴隷として買ったからには働いてもらう。それはごめんな」

「いえ、私もわかっています。それで、やることとは何でしょうか？」

「エリにはここで接客をしてもらいたい」

「接客？」

エリの頭からハテナマークが出てくるのが見えたような気がした。それと同時に、狐の耳が小さく動いている。可愛い。

「そう、接客だ。主な仕事としては、お客様から料理の注文を取り、俺に伝えること。作った料理をお客様のところまで運ぶこと。それと、お会計。後はお客様が店から出たら食器の片付けだ。これら全部を含めて接客と言う」

「お客様の世話をするということですね」

「まあ、簡単に言えばそうだな」

呑み込みが早くて助かる。

「接客で注意しなくてはいけないことは言葉遣いだが、エリは俺に対しての言葉遣いが丁寧だから、すぐにでも実践できると思うよ」

「ありがとうございます」

「それじゃあ、まずは基本の接客言葉から……俺が言った言葉を繰り返してな」

「はい」

「いらっしゃいませ」

「何名様ですか?」

「ご注文はお決まりですか」

「ありがとうございます。少々お待ちくださいませ」

「お待たせしました。こちら――でございます。――は、料理の名前ね」

「ありがとうございます。お会計は――になります」

「ありがとうございました。またお越しくださいませ」

俺が言う言葉をエリが反復していく。

「以上だ。これが接客の基本の言葉だな。大体使う場面はわかるか？」

「はい。なんとなくわかります」

「それなら良かった。それじゃあ、練習で俺がお客様になるから、接客してみて」

「わかりました」

俺は入店するところから始めることにして、一度店から出る。はじめは失敗することもあると思うが、何でも体験してみた方が良い。

カランカラン。

「いらっしゃいませ。何名様ですか？」

「一名です」

「一名様ですね。ご案内いたします」

何だろう……全く違和感が無い。てか、今のところ完璧に近い接客だ……

「ご注文がお決まりでしたら、私をお呼びくださいませ」

「じゃあ、オムレツを一つ」

ついでに、オムレツをうちのメニューに追加することに決めた。エリがあまりにも美味しそうに食べるので、そうしても良いかなと思ってしまったのだ。それにそうでもしないと、これ以上増えないような気もする。

「かしこまりました。少々お待ちくださいませ」

エリが厨房に料理を取りに行く振りをする。そこまでするのか。

後ろを向くと尻尾が見えて、上機嫌に動いていた。モフモフしたいな～。

エリは厨房から戻る時、何も載っていない皿を持ってきた。それを俺の目の前に置く。

「お待たせしました。こちらオムレツでございます。ご注文は以上でよろしかったでしょうか？」

黙って頷く。

「ありがとうございます。ごゆっくりどうぞ」

本当に一五歳なのか、怪しくなってきた。俺よりも若い。しかも、まだ一度も接客をしたことが無い。それなのに、自分が言いやすいようにさっき教えた言葉をつなげたりしている。

とにかく、次は帰りの接客だ。

「すみません。お会計お願いします」

「はい、かしこまりました。お会計はオムレツが一つで五〇〇ピコになります。丁度のお預かりですね。ありがとうございます」

そして、俺が店から出ようとした時。

「ありがとうございました。また、お越しくださいませ」

店から出た俺はすぐに中に戻り、エリのところに向かう。結構速いスピードで近づいた。

「エリ」

「は……はい‼」

「完璧だ。これ以上ない接客だった」

エリの頭を撫でる。手が当たると耳がチョコンと動くので、それも可愛らしい。

「完璧だった。何も注意するところはない。エリは多分接客の才能があるんだ。これも立派な才能だ」

「ありがとうございます」

思いっきり頭を撫でてあげる。エリは嬉しそうにしている。

エリがどうしてここまで接客ができるのかは謎だ。しかし、言葉遣いについては、過去や今の状況を見ればわかる。丁寧な言葉遣いしか使うことを許されなかった……それが接客に活きたのだ。

俺にはタメ口を使ってもらいたいのだが、それは断固として拒否された。いつかはそうしてもらえるようにしたいと思っている。

「それじゃあ、今日は休もう。本当はまだまだ接客の練習をするつもりだったが、完璧すぎて言うことがない。明日からまた店を開くから、接客を頼んだぞ」

「はい。わかりました」

俺たちは明日のために、今日は早く休むことにした。

奴隷一日目の夜ということでエリが暴走して、色々ハプニングがあったが……それはまた別の話だ。

8

何とか夜を乗り越えた。

勘違いもいいところだ。何度も言うが、俺はそんなことのために奴隷を買ったわけではない。寝たはずなのに、いつもより疲れたような気がする。

結局、本当に寝るだけということにしてもらい、一緒のベッドで寝た。

一切、やましいことはしていない。俺の理性はちゃんと保ったのだ。寝相なのか俺の腕に抱きついてきたが……何度でも言おう。やましいことはしていない。どんなに腕に柔らかいものが当たる感触があったとしても、俺は手を出していない。

俺は褒められることをしているのだ。なんて、自分をそう奮い立たせて、何とか乗り越えてたわけだ。

というか、今現在もそれが続いています。起きたのはいいが、エリは未だに俺の腕に抱きつくようにして寝ていた。

「俺は大丈夫。俺は大丈夫」

何が大丈夫なのか知らないが、あまりそちらを見ないようにする。

エリは疲れているのか、一向に起きる気配がない。起こしてもいいが、まだ開店まで時間があるので、寝かせてあげることにした。

ふと、一瞬腕にかかる力が強まったような気がした。

俺はエリを見る。彼女の目には涙が溢れていた。

「お母さん……お父さん……」

エリの口から途切れ途切れに言葉が聞こえた。エリとしては別れに踏ん切りをつけているみたいだが、心の底ではまだどこか忘れ切れていなかったのだろう。

俺は優しく、空いている方の手で頭を撫でてあげる。優しく丁寧に、落ち着かせるように撫でる。今俺にできることはこれだけだ。

いつかはエリをお母さんとお父さんのところに連れて行き、娘さんは立派にうちで働いています、と言おうと思っている。戦いだけが全てではないと、俺は伝えたかった。

しばらく撫でていると、パチっとエリの目が開いた。

眠たい目をこすりながら、今の状況を確認。

ベッドの上で、俺の腕にしがみつき、そして何故か頭を撫でられている。

思考が一気に回復したのか、エリはすぐに俺の腕から離れ、ベッドを飛び降りた。

「すみません。私がしがみついていたばかりに……」

「いや、大丈夫だよ。まだ、時間はあったしね」

今の時間を確認する。開店まで三時間あった。

「それじゃあ、朝食をとって準備をしようか」

簡単な食事を作り、二人で食べる。エリは食べながら「美味しいです。美味しいです」と何度も言っていた。

エリは何を食べても美味しいと言うのでは？　そんな風にすら思えてくる。しかし、本当に美味しそうに食べるので聞けない。

朝食をとったら、開店の準備を始める。今気づいたが、エリの服装は奴隷商から買った時のままだった。生活するには困らないと思うが、出かける時とかはこのままではいけないと思う。ちゃんとした服も買ってあげないといけない。それに今から接客をするのだから、この格好ではさすがにまずい。

というわけで。俺は更衣室からこの店の制服をとってくることにした。サイズがあるか心配だったが、両親のお金の力で服のサイズは全て揃っていた。小学生ぐらいが着るサイズまで用意されていて、そこまで小さいやつは働けないだろう‼　と一人でツッコミを入れておいた。

俺の店の制服は、簡単に言うとメイド服だ。いや、ウエイトレスみたいな格好と言いたいところなのだが、どちらかというとやはりメイド服に似ている。

何着かとってきて、サイズが合うものを選んでもらう。渡した時に「こ……これを着るのですか?」と言われたが、しょうがないんだ。これがうちの店の服だから、と言っておいた。

この服装は俺が考えたわけではない。しっかりとしたデザイナーさんがデザインして作ってくれたものだ。だから、俺の趣味満載というわけではないことは、あしからず。

さて、その制服をエリが着てくれたのだが……なんたる可愛さ。これぞ異世界だ‼　猫耳メイドもいいが、狐耳メイドもいいな。スカートの後ろからは尻尾が出ていて、これも可愛さにつながっている。やばい、本当にモフモフしたくなってきた。

「どう……ですか?」

「可愛いよ」

恥じらいを見せながら聞いてくるエリに、正直な感想を口にした。それを聞いたエリは顔を赤く染め、手で顔を隠す。

これは料理だけではなく、エリ目的でも客が集まってくるかもしれないな……それだけの可愛さがある。

だが、エリには一切触れさせないぞ。触れたら天罰を下してやる。地球から銃を持ってきて撃ってやる。物騒とかどうとか関係ない。エリは俺のものだ。

何となく、娘を溺愛するお父さんの気持ちがわかったような気がした。

準備が出来たところで、いよいよ開店することにする。エリにとって初めての接客が始まる。今日一日は大変かもしれないな。まずは、エリがいることでどのように変わるのかを確認しなくてはいけない。そして、ルイスが来たら……

俺は店の扉にかけてある看板を、ｏｐｅｎの文字に切り替えた。

「いらっしゃいませ。こちらのお席へどうぞ。ご注文は何になさいますか？」

開店して間もなく、お客様が入ってきた。やっぱり今日も兵士のお客様が多い。稀にそうでないこともあるのだが、雰囲気に呑まれている感があって、周りに合わせるようにシャリアピンステーキを頼んでいる。これだから新しいメニューができないのだ。

エリは店内を忙しく動き回っている。言葉遣いも笑顔もバッチリ。完璧に接客をこなしている。おかげで俺は料理に集中できて助かっていた。

「シャリアピンステーキを三つお願いします」

「了解」

慣れた手つきでステーキを作る。仕込みは既に済んでいるので、後は焼くだけだ。

「はい、出来た。持って行ってくれ」

「わかりました」

器用に全ての皿を持ち、エリが運んでいく。あんなに小さいながらどこにそんな力があるのか……皿を三つ持つのは結構力がいるんだけど……ああ、ステータスか。納得した。

改めて、こういったところでステータスの恩恵を感じる。疲れを知らないエリが動いてくれるおかげでどんどん料理が出ていく。いつもより注文の流れが良いので、より多くの人が店に入ってくれる。

そんな中、多くの兵士がエリの尻尾や耳に釘付けになっていた。珍しい狐族と気づいて驚いている者もいるが、ほとんどが単にエリの可愛さに見とれていた。

そういう奴には鋭い視線を投げてあげると、すぐに目をそらす。可愛いのはわかる。だが、俺はエリのことをそんな目で見られるのは何となく嫌だった。やっぱり娘のことを思うお父さんの気持ちがわかったような気がする。

時間はあっと言う間に過ぎていき、いつの間にか一四時を過ぎていた。これくらいになるとお客様は少なくなっていく。

そしてこの時間は……

「おーす、お疲れ様～。今日も食べに来たぞ、シン」

「ああ、ルイスか。すぐに作るから、ちょっと待っててくれ」

そう、ルイスがやってくる時間だ。ルイスはいつも空いているこの時間帯に現れる。主な理由は、忙しかったら俺としゃべれないから、ということだ。

嬉しいことだが……ねえ。複雑な気分だな。

いつもならシャリアピンステーキを作って出すのだが、今回はオムレツを追加した。ルイスはいつも通り、厨房から近い位置に座っている。

「はい、お待たせ。これは新しくメニューに追加したオムレツだ」

このオムレツはエリに頼まず、自分で運ぶ。

「おお、新メニューか。オムレツは定番だが、フワフワ感や色が全然違うな。何の卵を使っているんだ？」

「何の卵かは企業秘密。シンプルだが美味しいぞ。エリも美味しそうに食べていたしな」

「ああ、今料理を運んでいる子だろ。奴隷として買ったんだろ？」

ルイスはエリを見て、ニヤニヤしながら言ってくる。今のうちにニヤニヤしておけ、後で思い知ることになるからな。

「そうだ。奴隷を買った。まあ、とりあえず、食べてみてくれ。感想を聞きたい」

「そういうことならいただこうか」

他の注文も一段落ついていたので、俺もルイスと向かい合うように座る。ついでに牛乳を二つ置いた。

「おっ？　これは？」

「牛乳という飲み物だ。後で飲んでくれ」

スプーンが止まったルイスに、食べるように促す。

ここまで露骨に促せば怪しくもなるはずなのだが、ルイスは一切気にせず、またスプーンを動かし始めた。オムレツの左側をスプーンで切って、口に入れる。

右利きなら大体は左から食べていく。だって右からじゃ食べづらいだろ？

「うむ……普通に美味しい……ん？」

みるみるルイスの顔が赤くなっていく。

俺は宣言していただろう。お返しは必ずしてあげるぜ、って。オムレツの左側には、予め俺特製の激辛のタレを仕込んでおいた。

「辛～！！！！！」

ルイスは店内に響き渡る声で叫んだ。よし、これで目的は達成したので、辛さをとってあげよう。さりげなく牛乳を渡す。

辛いものを食べたらどうやって抑える？　まあ、人それぞれだろう。俺は牛乳を飲むことをおすすめする。

「ほらよ。これを飲め」

ルイスはすぐに牛乳を受け取り、一気に飲んだ。

「はあ、はあ。何してくれてるんだ‼」

「罰だ、罰。ルイス……お前、奴隷商にいらんことを言っただろ？　そのお返し」

「いや、俺はただ、そっち方面の楽しみのために買うと思ったから、そう伝えておいただけだ。現に可愛い子を買っているじゃないか」

「いやいや。確かにエリは可愛いよ。だけど、そっち方面のために買ったわけじゃない。エリは孤児だし、怪我をしていた。それに笑顔が見たかったからだ」

「ホントかよ？」

「だから、そうだって。俺はただ、この店の従業員を雇いたかっただけ。現にエリには今日から助けられている」

エリはどんどん料理を運び、食べ終わった食器があればすぐに片付け、本当によく働いてくれる。

終わったらこっちに来るように言ってあるのだが、一つ終わるたびに次の仕事を見つけてまた動く。周りを把握するのが得意みたいだな。

「そういうことで、左側にだけ辛いソースをかけておいた。後は辛くないぞ」

「俺からしてみれば恩を仇で返された気分なんだが……まあ、そっちの言ったことも一理あるし、この食事代で勘弁してやろう」

「いや、そこは払えよ」

「常連なんだから大目に見ろよ」

「しょうがないなあ」

ここはルイスに免じてタダにしてやることにした。俺としては、叫ぶルイスの顔を見られただけで満足だった。

「それで……もうやったのか？」

「ブフッ‼」

牛乳を飲んでいる最中に言われて噴き出しそうになった。何てことを言ってくれるんだ。

「だから、そっち方面のために買ってない。何もしてないって」

「いや、あんな可愛い子だ。すぐにやったんじゃないのか？」

「いやいや無いから。買ったのは昨日だし……」

「俺は買ってその夜にやったぜ。向こうの方から迫ってきたし」

「ルイスの奴隷も迫ってきたのか……奴隷はそうしなくてはいけないのかな……実はエリも……」

「避けたのかよ」

「そりゃ避けるよ。エリは俺から見たらまだ子供だし、まだ一五歳と言っていたからな。どちらかというとお父さん的な感覚だよ」

「一五歳ならもう大人だろ。お前は何歳から大人だと思ってるんだよ」

「一八からだけど？」

「おせぇよ。一八で結婚相手がいないなら、急いで探さなくてはいけないくらいだぞ」

「そうなのか⁉」

まさかの事実。こちらの世界と俺がいた日本では、決定的に年齢の捉え方が違った。

俺の感覚では、一八歳からやっと大人の仲間入り。二〇歳からという人もいたぐらいだ。

結婚なんか三〇過ぎてからでもまだ間に合うと思うし……全然違う。

ちなみにこちらの結婚は、二〇歳までにすることが当たり前なのだそうだ。二〇歳って……まだまだだろう。

「シンよ。これは世界の常識だぞ。何故知らない」

「いや……記憶喪失で……」

「初耳だぞ」

そういえばルイスにはまだ、俺が記憶喪失であるとは話していなかった。というより今の今まで深く関わる人がいなかったから、そのことはスズヤさんとカオルさんしか知らない。まあ、嘘なんだけど。

「それは大変だったな。料理については覚えているのか？」

「料理のことと、名前は覚えていた。それ以外は何も」

「俺の予想を言っていいか？」

急にルイスがそんなことを言ってきた。どうせ的外れ（まとはず）なことを言うと思うが、素直に聞く。

「シンはどこかの有名な料理人だった可能性が高いな。こんな珍しい料理ばかり作れるのだからそうだろう」

まるっきり外れている。そりゃあ、異世界から来ました、なんてことは想像つかないだろう。

「わからないな……」

覚えてないふりをするのも結構大変なものだ。

「さて、訓練に行くかな」

いつの間にかオムレツは完食されていた。結局エリは店の中を忙しく動いていて、こちらに近寄らなかった。

「今日だけだからな、タダにするの」

「わかってる。感謝するぜ」

二人で席を立ち、出口に向かう。途中、丁度テーブルを拭いているエリとすれ違った。

「ありがとうございました」

「やっぱ可愛いな」

「ありがとうございました？」

「ルイス、何をやっているんだよ。挨拶(あいさつ)したいならさっさとしろ。もう閉店だ」

営業時間は一〇時から一七時まで。夜営業はしてない。夜も開けたいが、まだ従業員不足だ。

「初めまして、この店の常連のルイスという。よろしく」

「エリと言います。よろしくお願いします」

軽く握手を交わす二人。ルイスの手が大きいため、エリの手が小さく見えた。

「それじゃあ、今度こそ行くわ。明日も来るぜ」

「おお。また来い」

「ありがとうございました」

チャリンチャリン。

ルイスはやっと店から出て行った。

忙しい一日だった。でも、沢山のことができて満足だ。ルイスには辛いものを食べさせることができたし、エリがよく動けることもわかった。とりあえずは、このまま現状維持で良いだろう。

「よし。片付けるか」

「はい」

俺とエリは、明日また店を開く時に綺麗であるように、掃除を始めるのだった。

9

今日は店休日。

これまでは毎日開いていたが、定期的に休みの日を作ることにした。早めにそうしなくては、毎日開いていると認識されてしまい、休んだ時にクレームが来る可能性があると考えたからだ。

休みは週二日。火の日と雷の日にした。この世界の曜日は日本と変わらず七つある。闇の日、光の日、風の日、火の日、水の日、地の日、雷の日。闇の日が土曜日、光の日が日曜日にあたると考えれば、火曜日と金曜日に休みを作ったということになる。

本来なら週一日のみ休みにしたかったのだが、色々考えて二日にした。やはり一日にするかどうか、今後の様子を見て決めていきたい。

休みを二日としたのは、今まさに行なっていることが理由だ。

「ご主人様、そちらの方に行きました」

「おっと、捕まえたぜ」

俺とエリは街近くの草原にいた。いつもと違い、防具をつけた冒険者の格好をしている。

そう、俺たちは冒険者として街から出ているのだ。

折角、異世界に来たのだから、冒険者として働きたいという身勝手な理由だが、男なら誰しも冒険者に憧れる。そして俺も男だ、しょうがない。

今捕まえたのはホーンラビット。長い角を持ったウサギだ。角で突かれると相当なダメージを受ける可能性があるが、逆に角を手で掴めば小動物の力でしか抗えないので、最弱モンスターの一種に分類される。

今も、角を手で持って抱え込む。小動物的な可愛さがあるので撫でてあげる。毛並みがもふもふして良い感じだ。

「ご主人様……撫でるのはいいのですが……殺さないのでしょうか？」

「嗚呼……そうだよな」

エリから言われて、ここに来ている理由を思い出す。クエスト内容は、ホーンラビット三体の討伐。殺して持って帰るのが達成条件だ。

目的を一瞬忘れそうになっていた。毛並み力、恐るべし。

腕の中のホーンラビットを見る。こんな可愛らしいのに殺さなくてはいけないなんて……俺は殺すことを躊躇してしまっていた。

エリはそんな俺のことをじっと見ているだけである。

「エリ……逃していいか？」

「それは……どうしてでしょうか？」

「殺すのが怖くなってしまって……」

「わかりました。それがご主人様の決定なら、私は何も言いません」

「ありがとう」

クエストに失敗すると、失敗料として逆にお金を支払わなくてはいけない。それでも、俺は殺すことができなかった。

考えが甘いことは承知の上だ。

人間は動物を殺し、それを食べて生活していることは、料理人としてわかっていた。そう、わかっていたつもりなのだ。しかし、いざ自分の手で殺すとなると、こうして躊躇してしまう。自分がわがままで身勝手なことが、今この時になってわかってしまった。

「ほら、どこかへ行きなさい」

角から手を離して逃がす。ホーンラビットはピョンと一歩前に飛び跳ねてから、こちらに体を向けた。

「？」

ホーンラビットは俺の顔をじっと見て……そのまま突進してきた。このままでは角に刺されて怪我をすることは明白。甘い考えのツケはすぐに回ってきた。

ドンっ‼　グシャッ‼

しかし、ホーンラビットの攻撃は当たらず、俺は何かに押されて倒れる。

今俺を押せるのはエリしかいない。顔を上げて目にしたのは、返り血を浴びたエリと、頭と体が離れたホーンラビットの姿だった。エリはわかっていたのだ、こうなることを……

「ご主人様、すみません。危なかったので殺してしまいました」

「……大丈夫だ」

ひと呼吸置いて立ち上がる。

エリの姿を見て感じた。これが異世界なのだと。まさしく世界は弱肉強食。弱い者は淘汰される。地球での甘い考えは通用しない。

「エリ、次のホーンラビットを探そうか」

「わかりました」

覚悟を決めなくてはやっていけないのが冒険者。本業は料理人だからやらなくていい、なんてことはない。この世界で安心して過ごすには、強くなくてはいけないのだ。

俺はモンスターはモンスターとして殺すことを心に決めた。自分が強くなるために……

「大丈夫だよ‼」

「ご主人様」

剣を振り下ろして、何体目かのホーンラビットを倒す。

既に依頼の三体は倒し終えているが、そのまま狩りを継続している。ホーンラビット以外にもスライムやゴブリンといったモンスターを狩っており、ある程度モンスターを殺すことに躊躇しなくなってきた。あくまでもモンスターを殺すことに躊躇しなくなっただけで、人間を殺せと言われたら絶対に無理だろう。

血抜きして、持ちやすくするために加工する。最初はグロテスクで吐き気がしたが、これまた何度もやると、気分は悪くなるにせよ、できるようになってきた。

それにしても、持ち運びが不便だ。こうしてたくさんのモンスターを狩ってしまうと、持って帰るにも苦労する。

よくあるような何でも入るアイテムボックスなるものがあれば良かったのに、神様もそこまでの万能チートはくれなかった。その代わりにこの世界には魔法袋というものがあるみたいだが、それは貴重な物で、相当なお値段がするらしい。

見つけることも困難らしいから、見つけ次第買うことも視野に入れる。

「ご主人様、大分慣れてきたみたいですね」

「ああ、エリのおかげで助かったよ」

俺の作業が終わるのを確認してエリが話しかけてくる。

エリは戦闘種族の者だが、その中では使えない部類に入ると聞いていた。

しかし、こうして一緒に戦ってみると、あまりそうとは感じさせない。あんな小さな体でなんでそんな力が出るのかわからないほど強く、動きがいい。何より、俺を援護しながらゼスチャーでどうしたら良いか教えてくれるので、とても助かっている。

「ご主人様。少しよろしいでしょうか？」

「どうした？」

「ご主人様は、ＭＰについてどこまで知っていますか？」

「どうした？　急に？」

「いえ、もう少しレベルアップをしようかと……」

エリがそんなことを言ってきた、俺はこれまで魔法についてはさっぱりだったので、教えてもらえれば役に立つかもしれない。

「ＭＰは魔法を使うためのもの。ＭＰが切れると魔法が使えなくなる。それと、ＭＰを全部使うと倒れたりする……とか？」

「はい。合っています。ＭＰは魔法を使う要（かなめ）です。ＭＰが切れると、魔法を使えなくなると同時に動けなくなったり、酷ければ倒れたりもします。それと、魔法とは違う使い方もあります」

違う使い方？　俺が知らないことがあるようだ。エリは話を続ける。

「それはですね……実際に体験してもらいましょうか。私もまだ未熟ですが、使うことはできるので……私を見ていてください」

俺はエリの言葉通りに、彼女を見る。いつもと変わらないエリ。メイド服に狐耳。可愛い姿だ。

そんなことを思っていると、急に体が動かなくなった。いや、恐怖で動けないと言うべきか……これはエリから来る気配のせいだった。

エリが目を閉じると、また体を動かせるようになる。しかし、まだ今の感じが残っているようで、少しぎこちない。

「これがＭＰを使った殺気（さっき）というものです。ＭＰを持っている人なら誰でも使え、ＭＰが高ければ高いほど強力な殺気を飛ばすことができます。もちろん、対抗手段もあり、殺気に対して殺気をぶつけると、動けるようになります。しかし、これは事実上力比べとなり、

MPが高い方が勝ちます」

「戦士などといった、MPを使わない人たちはどうするんだ？」

「戦士は殺気とは別の、威圧というものを使います。威圧はMPなどの消費もなく使いやすいとも言われますが、威圧を使った後は技が使えなくなったりすることもあるみたいなので、一概にそうとは言い切れません。殺気と威圧はとても近い技なので、お互いに相殺することが可能です」

「なるほど……」

戦士は基本、魔法が使えない分、様々な剣の技を使うことに特化している。

エリの話を聞いたところ、この世界にはSPという隠れステータスがあるようだ。技の発動に必要なのがこのSPだそうだ。

魔法使いは基本的に技を使うことはできないが、これはSPが少ないか、無いからだろう。威圧もきっとSPを使って行なうに違いない。

それにしても、この技を今のうちに知れて良かった。技を知らないうちに、もし盗賊などに襲われて使われたら、一方的だっただろう。

それと同時に、今知ったことでこの技は俺にとって最強の武器となる。MPが高ければ高いほど強くなる。これほど俺にぴったりの技はない。

だって俺のMPは無限。理論上、勝てる者など存在しないことになる。もちろん、エリから教わることにする。

「教えてくれ」

「わかりました」

使い方は簡単だった。自分の中にあるMPを想像して、それを相手に飛ばすようなイメージを持つだけ。気を飛ばすといった感じだと自分なりに解釈する。

戦いの始まりに、又は切り札として使うのが良いらしい。隙をつければ少しの殺気でも効果的になるからだ。強い敵に当たった時にも、逃げる時間を稼ぐのに使ったりするようだ。

「それと、MPでこういうこともできます」

そう言ったエリの右拳に、青い空気が纏わりついた。そのまま、近くにあった大きな岩に向かってパンチする。

ドカッーン！！！

岩はボロボロになって崩れていった。

女の子のパンチにしてはあまりにも強い。しかもエリは魔法使いである。そんなにパンチが強いわけがない。

「これはMPを使った身体強化です。私はMPが低いので一部分にしか纏うことができませんが、私の弟などは数秒ながら全身に纏うことができていました。その時の弟の力は通常の倍、いや、それ以上です。移動速度もパワーも桁外れに上がっていました」

それはそうだろう。エリでもこの力だ。それを全身に纏うとなると、いったいどうなるのか……足ならスピード、手なら力、体なら防御が上がるって感じかな。

手と足なら、ある程度のMPがあればできるが、さすがに体は纏うところが多い分、MPが沢山必要だそうだ。まあ、MPが無限にある俺には沢山必要という話は関係ないが、ちゃんと聞いた。エリが必死に教えてくれているのだ。真面目に聞かないとかありえない。

「これはですね……」

教える時のエリはどこか楽しそうだった。

ある程度練習して、殺気、それと身体強化も使えるようになる。殺気はまだ調節が難しい。少ししか殺気を使わないようにしたのだが、エリの殺気よりも強力で相殺できていなかった。そのため、エリには迷惑をかけた。

殺気を飛ばす対象はどうやらコントロール可能で、エリまで巻き込んでしまうことはないようにできそうだ。

身体強化は、とりあえず部分強化までは覚えた。手と足までならまだしも、体までできたので、エリには驚かれた。しかし、全身に纏えるようになるにはまだ訓練が必要だ。暇があったら練習しておこう。料理人であっても、自分の身は自分で守らなくてはな。

教わっていると、いつの間にか日が沈みかけていた。どうやら時間をかけすぎたらしい。

「そろそろ帰ろうか」

「はい」

俺たちは明日の営業のため、今日のところは街に帰った。色々あったが、結構充実した冒険者ライフを過ごせた。これからも休日の一日を使って、冒険者活動を行なっていきたいと思う。

10

エリが来てから一か月が経ち、店は繁盛期を抜けて安定期に入ったようだ。そろそろ予約制にして良いかもしれない。

休日の冒険者ライフもボチボチだ。こちらも次のステップに移行しようとしている。実はそれが休日を週二日としたもう一つの理由に関わるのだが、詳しくは後日説明しよう。

お金も貯まりに貯まって困っているところだ。毎日忙しく働いてくれているエリにも、ちゃんと給料を渡そうとするのだが、自分は奴隷だからもらえない、と一向に受け取ってくれない。そのため、使いたい時にお金を渡すということで、俺が預かっておく形になった。

相変わらず店のメニューは増えていない。毎日同じものばかりで飽きないのか……と心配になるが、美味しくて安いから何度も食べに来てしまう、とお客様の兵士たちが言っていた。

まあ、オムレツとシャリアピンステーキを日替わりで食べる者もいる。

また、ルイスに出した辛いソースがどこかで噂を呼び、「辛いソースは無いですか？」と聞かれることが多々あった。そのため、ソースは机に一個ずつ置くようになった。ぼちぼち需要はあるものの、未だにソースをかけて満足に食べ切った強者はいない。

「はい、シャリアピンステーキ二つ。運んでくれ」

「わかりました」

エリが作った料理を運んで行く。可愛らしく動く尻尾に目が釘付けになるが、そろそろ慣れてきたところだ。ちなみに言うと、まだ俺もあの尻尾には触ってない。ああ、モフモフしたい。

カランッ、カランッ。

店に新しいお客様が入ってきた。今は手が空いていたので、俺が接客に入る。エリ一人に任せるには仕事量が多く、こうやって俺も時々接客を手伝っている。

「いらっしゃいませ。何名様ですか?」

営業スマイルを浮かべて相手の顔を確認すると、そこには知っている人物がいた。

「お久しぶりですね。シンさん」

「あ、スズヤさん」

「ハロハロー。私もいるよ～」

「カオルさんまで」

新しいお客様は、スズヤさんとカオルさんだった。カオルさんの言葉遣いがいつもと違うのは、多分仕事の時と休みの時とで態度を変えているからだろう。

「どうしたんですか、二人とも」

「シン君、あなた忘れているでしょう? 店が繁盛してきたら私に料理を食べさせてくれると言ったじゃない」

「急にごめんね、シンさん。カオルが、シンさんがそう言ったから食べに行こう、と言ってきたの。私はまだ早いからやめようと止めたんだけど……カオルは一度言い出したら止まらなくて」

確かに、店の登録時にカオルさんにそんなことを言った覚えがあるな。未だに有効だったとは……まあ、言ったからにはしょうがない。

「いえいえ。言った覚えはあるので、料理を振る舞いますよ。席に座ってください」

「ごめんね」

「何々、何コソコソしているの？　早く料理を食べましょう」

カオルさんが厨房近くの席についた。席は決まっていないからもちろん自由だ。スズヤさんもその隣に座った。

「それにしても結構人が入っているわね……この調子だとだいぶ儲かっているんじゃない？」

「おかげさまでボチボチです」

「本当に記憶喪失なのか怪しくなってくるよ……」

「もう、カオル。言って良いことと悪いことがあるでしょう。シンさんは本当に記憶喪失なんだから、そんなことを言わないの」

一瞬ギクッとしたが、スズヤさんのおかげでなんとかやりすごせた。でも、いつバレるか心配になってくる。

「それでは早速注文しようかしら。これが例のソースね……」

カオルさんが手に取ったのは、机に置いてある激辛ソース。なるほどカオルさんもこれの噂を聞いてきたくちか。

「カオルさんは辛いものが好きなんですか？」

「カオルは無類（むるい）の辛いもの好きで、多くの料理店で食べ歩いているの」

「私にかかればどんなに辛くても大丈夫よ」

カオルさんがどや顔でそう宣言する。スズヤさんは苦笑いしていた。

ただし、同じことを言った人は多くいたが、未だにこのソースをまともに食べられた人はいない。

「それでご注文は？」

「もちろん辛いソースに合う料理よ。元々辛いものでもいいわ」

「スズヤさんもそれで大丈夫ですか？」

「私も同じでいいけど、あまり辛くしないでください」

「わかりました。しばらくお待ちください」

注文を聞いた俺は厨房に入った。

さて、辛い料理と言ってすぐに出てくるのは、やっぱり中華料理だな。もちろん中華料理も色々あるが、特に四川（シセン）地方の料理は辛いことで有名で、大変ＨＯＴだ。今回は、その中でも代表的な麻婆豆腐（マーボードウフ）を作ることにする。

スズヤさんのことも考えて、少し辛みを抑える。カオルさんがもの足りなかった場合は、別にソースをかけてもらえば問題ない。そこからは自己責任だ。それじゃあ、早速とりかかるとしよう。

手始めに炸醤肉末（ザージャンロウモウ）を作る。これは簡単に言えば、味付けを施した挽（ひ）き肉のことを指す。あらかじめ肉を炒めておくことで味付けがしやすくなり、また調理時間の短縮（たんしゅく）をはかれる。この炸醤肉末（ザージャンロウモウ）はナス麻婆（マーボー）にも使えて、とても便利だ。

作り方はいたってシンプル。まず油を入れたフライパンを一度強火で加熱する。中華料理ではよく用（もち）いられる手法で、こうすることで材料が引っ付かなくなる。

次に豚ミンチを炒めていく。肉汁が出てきたら酒、醤油、甜麺醤（テンメンジャン）を足す。このタイミングで入れれば、そのまま炒める過程で肉汁が飛び、それと同時に味が染み込む。最後に塩と胡椒で味を整えたら完成だ。

続いて、麻婆豆腐（マーボードウフ）の材料を切る。中華包丁で豆腐を四角に切り、ネギとにんじんをみじん切りにする。これで下準備は終わり。

ちなみに、中華包丁は大きくて四角い。日本包丁は切る時に押したり引いたりするが、中華包丁は落として切る。包丁の重さを使った切り方だと思ってくれればいい。

後は作るのみ。またフライパンに油を入れて強火で加熱し、そこににんにくと炸醤肉末(ザージャンロウモウ)を入れて混ぜる。

この時、火は止めてしまい、余熱で火を通していく。もし火をつけたままの状態で炒めてしまうと、にんにくが焦(こ)げてしまうのだ。

軽く火が通ったら再び火をつけ、豆板醤(トーバンジャン)、湯(タン)(スープ)、醤油、甜麺醤(テンメンジャン)、塩と胡椒を入れて味を見る。少し濃い目で尚且つピリッとするくらいが丁度いい。

味を濃い目にするのは、この後に入れる豆腐から水分が出てしまうからだ。料理は常に後のことを考えながら進めていく。

豆腐を入れてしばらく待つ。豆腐に色が付き始めたらもう完成間近(まぢか)となる。

胡椒と塩で味を整え、水溶(みずと)き片栗粉(かたくりこ)でトロミをつけ、最後に化粧油を振ったら完成だ。

化粧油とは、調理後に足す油のこと。目的は見た目を良くするためであったり、ごま油で風味を出すためであったりする。今回は見た目のためだ。

豆腐は一切炒めたりしていない。そのため崩れるのを極力小さく抑えることができた。

麻婆豆腐を盛った皿をスズヤさんたちのところに運ぶ。さて、どんな反応をするのか楽しみだ。

シンさんに注文を済ませた私は、料理の完成を楽しみにしていた。きっと知らない料理が出てくると、冒険者としての勘が言っている。横に座っているカオルも、激辛のソースを持って、まだかまだかとそわそわしていた。

それにしても、シンさんにはいつも驚かされる。

森の中で初めて出会った時は、何も知らない記憶喪失の冒険者だと思ったのに、料理人としては超のつく一流。シャリアピンステーキという誰も知らない料理を提供し、さらにそれが美味しいとの評判が、私の店にも届(とど)いている。今は二つの料理しか出していないみたいなのに、お店は連日満員だという。

もう一つのメニューであるオムレツの方は私も知っている料理のはずだけど、シンさんのオムレツは中身がとろーりとしていて、舌がとろけるような美味しさらしい。そちらもいつか食べてみたいと、期待が膨らむ。

今日は辛いものを、ということで料理を頼んでからしばらくして、シンさんが戻ってきた。その手には料理を盛った皿が載っている。

「はい、こちら麻婆豆腐(マーボードウフ)になります」

「麻婆豆腐（マーボードウフ）？」

　運ばれてきた料理をまじまじと見てしまった。この料理も見たことがない。全体的に赤く、豆腐が使われている。肉も入っているようだけど、何の肉かはわからない。匂いは少し刺激的だ。

「麻婆豆腐（マーボードウフ）は中華料理です。聞いたことがないと思いますが、簡単に説明しますと豆腐を使った辛い煮込み料理です。辛さを出すために豆板醤（トーバンジャン）という特別な調味料を使っています」

「中華料理？　豆板醤（トーバンジャン）？」

　聞いてもわからない名前が出てくる。いったいどんな料理なのか想像がつかない。

「もう、エリカは気にしすぎなの。お店で料理として出してるんだから、美味しいに決まっているじゃない。味さえ良いなら、何を使って作っているなんて二の次よ」

「でも、私は料理人だから気にな……」

「ダメダメ。それで、シン君や。これは辛いのかね」

「フフッ。スズヤさんの希望もあって、辛さは少し抑えてピリ辛くらいにしてあります。足りなかったら、カオルさんが今持っているソースをかけてください。そのソースには味はついてなくて、辛さだけを凝縮してあるので」

「わかったわ、それじゃあ食べましょ」

「ちょっとカオル!!」

　強引に話を進められて、実食に入ってしまった。

　もう、カオルは強引なんだから。長い付き合いなので慣れているけど、今回はもっときちんと料理について聞きたかった。

　カオルはスプーンで料理をすくって口に運ぶ。初めはソースをかけずにそのまま食べるようだ。

　シンさんは、いつ取りに行ったのか、この店の特徴であるご飯を持った皿を、私たちのテーブルに置いているところだった。このご飯も美味しいらしく、私はそちらも気にしながら、カオルに続いて麻婆豆腐（マーボードウフ）を恐る恐る口にした。

　初めに来たのは、ピリッとした味。しかしそんなに刺激は強くなく、食べやすい。豆腐があることによって辛さが緩和（かんわ）されており、私でも食べやすかった。鼻を突き抜けるのは胡椒の匂いと……なんだろうか？　少し変わった匂いもある。

「辛さが足りない!!　ソースをかけよう」

　カオルはそんなことを言って、ソースを足している。それを見ながら、私はシンさんに質問をする。

「この鼻に突き抜けるのは、胡椒と何でしょうか？」

「山椒（さんしょう）ですね。正確には花椒（ホアジャオ）といって、風味をつけるために入れるものです。また、舌がしびれるような感じになるのも特徴ですね」

説明を聞いてもなんだかわからない。いったいどこでその食材を手に入れたのか気になるけど、それを質問するのは料理人の間ではタブーだ。

もうひと口食べてみる。少し辛いけど癖（くせ）になる。辛さもあって、ご飯が進む。

「辛ーい」

カオルがソースをかけた麻婆豆腐（マーボードウフ）を食べて叫んでいる。もう、しょうがないんだから。

「こちら、牛乳になります。辛かった場合はお飲みください」

それを見越（みこ）していたかのように、シンさんがスッと飲み物を出してくれる。さすがに辛さに挑戦する人への対応には慣れている感じだ。

カオルはすかさず牛乳を飲み、それでなんとか落ち着く。

「もうカオルったら、どれだけ入れたのよ」

「少ししか入れてないわ。でも辛いのよ」

カオルの麻婆豆腐（マーボードウフ）を見る。確かに見た目はあんまり変化は無いみたい。

「少しもらうわね」

どれくらいの辛さなのか気になって、カオルの皿から少しもらう。匂いも変化は無し。そのまま、口にした。

「辛ーい！！！」

結局私も、カオルの二の舞いになったのだった。

スズヤさんとカオルさんが麻婆豆腐(マーボードウフ)を辛くしすぎて、ちょっとした事件みたいになったが、今日の営業を何とか終えた。

二人には店の営業が終了しても残ってもらっている。話がしたくて俺から頼んだのだ。片付けはエリに任せて、俺は席についた。エリにも片付けが終わったら来るように言ってある。

「お待たせしました」

ゆっくり話をするためにコーヒーを準備した。落ち着く飲み物と言えばやっぱりコーヒーだね。別に紅茶でも良かったが、スズヤさんとカオルさんにぜひともこっちを飲んでもらいたかった。

「これは？」

「コーヒーという飲み物です。苦(にが)いと感じるかもしれませんので、お好みでミルクと砂糖(さとう)をどうぞ。最初は何も入れずに飲んで、そこから調節していってください」

俺はブラックでコーヒーを飲む。うん、美味しい。一方スズヤさんとカオルさんは渡されたコップの中を少し見て、恐る恐る口にした。

「……苦い」

スズヤさんが言葉をこぼす……うん。予想通りだ。初めてだとやっぱりブラックは口に合わないかもしれない。男女差もあるかもしれないから、今度は男性代表でルイスに飲ませてみよう。

「ダメですか。それじゃあ、ミルクと砂糖で味を整えて飲んでください。苦いのを緩和してくれます。お好みで自分の味を決められるのもコーヒーの楽しみです」

まあ、俺は入れないけど。コーヒー独特の香りや味、苦味は、ブラックでないと楽しめないと思っている。それを砂糖などで邪魔(じゃま)したくない。

かくいう俺も、初めはブラックでは飲めなかった。そういう人も多いだろう。しかし、いつからか飲めるようになり、気がつけばずっとブラックで飲んでいる。そんな現象のことをブラック現象という……なんちゃって。そんな現象など無い。真っ赤(まっか)な嘘だ。

ブラックの話は置いておこう。コーヒーをブラックで飲むなら淹れ方から……とか、まだ言いたいことはあるが、長くなるからまたの機会に。

そうこうしているうちに、二人とも自分好みの味が決まったのか、普通に飲めるようになった。ズズヤさんは10CCのミルクピッチャーからミルクを一杯入れて砂糖をスプーン四杯。カオルさんはミルクを一杯入れて砂糖をスプーン二杯。スズヤさんはどちらかというと甘党で、カオルさんは微糖派のようだ。

このタイミングで、エリもコーヒーを持ってやってきた。

「ご主人様、片付けが終わりました。失礼します」

俺の横にエリが座る。エリはコーヒーを飲んだことがあるので、自分の味に調節する。ミルク二杯のスプーン五杯。超甘党だ。

「このコーヒーっていう飲み物は、食後に良いわね」

「私も好きよ。飲み物として出しても売れると思うわ。何も入れなかったら無理だけど……」

「フルーツにも合いそうね」

感想は様々だが、概ね好評だ。コーヒーもメニューに組み込むことにしよう。後はサラダセットだな。レストランぽくなってきたような気がする。

「フルーツと言えば、エリカ。最近噂になっているフルーツがあるのだけど、知ってる？」

「どんなフルーツですか？」

「危険ランクBの森にある、モンスターフルーツ、というフルーツなんだけど」

「いえ、知りませんでした」

フルーツか……少し気になるな。

「なんでも、食べたことのないような美味しさみたいなの。でも、中々出回らないみたいでね。エリカは採りに行く気はない？」

「フルーツですか……今は料理に使う予定は無いですね。ごめんなさい」

「いや、いいの。私が食べたかっただけだしね」

「もう、カオルったら」

スズヤさんとカオルさんの何気ない会話。しかし、俺的にはものすごくそのフルーツが気になってしまった。どうにかして手に入れられないかな。

「あ、シンさんはダメですからね。危険地域と定められている場所に無断で入ると、冒険者登録を抹消されてしまいますから、自分で採りにいかないように」

「わかりました。そんなことはしませんよ。ちゃんとランクを上げてからにします」

何かそんな雰囲気を出していたのか、カオルさんから釘を刺されてしまった。

仕方がない。とりあえず諦めるとするか……今は。

「それで……」

その後は、スズヤさんとカオルさんと話をして一日が終わった。いい一日だった。

11

次の日の朝、俺とエリはギルドに来ていた。ギルドと俺の店はさほど遠くないため便利だ。

ギルドに来ている理由は、モンスターフルーツを採る準備をするためだった。

準備といっても、ランク上げのことだ。今の俺のランクはE。登録から二か月でこのペースは早い方だが、さっさとモンスターフルーツのある危険地帯に行けるBランクに上げることにする。

本来ならそんなの不可能だが、俺には心当たりがあった。

単純な話だ。ランクの高いクエストをクリアすればいい。身体強化も殺気も慣れてきて、負ける気がしない。天狗(てんぐ)になっていると思われるかもしれないが、MPが無限にあればそうなっても仕方がないというものだ。

Bランクに上がるには、Aランクのクエストをクリアすれば良いらしい。ということでまずは掲示板にあるAランクのクエストを確認しに行く。ここではあくまでも確認するだけで、受注はしない。別のクエスト途中で巻き込まれてしまい、いつの間にかAランクのクエストをクリアしていた、という形を取る予定だ。

ギルドの中はいつも通り、冒険者で賑わっていた。俺たちが用があるのは掲示板だが、その前にいつもギルドに来て行なっていることをする。情報収集だ。ギルドでは様々な情報が飛び交っている。儲け話やモンスターの出没場所など、アッと驚かされることもある。そんな情報を集めるのだ。

しかし、単純に人に聞けば教えてもらえるわけではない。何せ、貴重な情報を見ず知らずの相手に簡単に教えるやつなどいない。教えるにしても友人や仲間がせいぜいだ。ということで、俺はいつも盗み聞きをしている。

そうは言っても、近くに寄って行って聞き耳を立てているわけではない。魔力を耳に集中し、聴力(ちょうりょく)を増幅(ぞうふく)させて、遠くから盗聴(とうちょう)しているのだ。

俺は最近、魔力操作に慣れるため、常に身体強化を行なっている。満遍(まんべん)なく体全体を薄い膜が覆うように魔力を操作するのには、最初は苦戦した。しかし、今では呼吸をするのと同じ感覚で行なうことが可能になっている。そうしていないと逆に落ち着かないくらいだ。

これは俺に無限の魔力があり、何度も挑戦できたからこそ実現したことだ。普通の人なら魔力がすぐに切れてしまい、練習しようにも長く続かない。

聴力の強化は、このいつも全身を覆っている魔力を耳に集中させるだけだ。これも立派に、異世界を生きていくための手段だと思う。

色々な話が耳に入ってくる中、一つの卓の声だけ聞こえるように調節した。

「おい、知っているか？」

「何をだよ」

「勇者召喚の話」

お……これは気になるな。異世界ファンタジーのテンプレ、勇者召喚。どうやらこの世界にもあるらしい。

「ああ、俺も聞いたよ。西の国、魔法都市アンセルブルが行なっただろ？」

「そうそう、その勇者が、無事呼ばれたらしいんだ」

「そうか、成功したのか。それで、成功したという話だけか？」

「違う違う。その勇者だけど、今は仲間を募って世界を巡る旅をしているらしい。俺もその仲間になることができないかな～と」

「はは、無理だ無理。お前、少しは考えろよ。勇者の仲間だぞ。魔法使いならレベル4保持者に決まっているじゃないか。お前じゃ無理だ」

「ちぇっ、しけてやんの。希望ぐらい持っていてもいいじゃんかよ」

「持つのは自由だが、無理なことは無理だからな。諦めろ」

勇者の旅か。俺には関係ないことだな。でも、最強の仲間を集める旅なら、いつかはこの国にも来るかもしれない。その時は俺が地球出身者だとバレないようにしなくてはいけないかもな。後々面倒になりそうだし。

次の卓の話を聞く。

「――討伐隊が出ているから安心だろう」

どうやら話の途中だったようだな。

「でも、Bランク並みの強さを持っているらしいぜ、噂では」

「マジかよ。それだけの力を持っているのにどうして盗賊なんかやっているんだろうな。それに人さらいなんか」

「冒険者として稼ぐよりもその方が儲けが良いんじゃないかな。人を売り物にしてるくらいだし」

「まあ、そうかもな。しかし勿体ないな」

最近出た盗賊の話だろうか？　初めから聞いていないと少しわかりづらいな。

それにしても、人をさらう盗賊か。エリには後で注意するように言っておこう。

じゃあ、情報収集はこの辺にしておくか。

魔力を体全体を覆うように戻した。一定の魔力を使ううちは簡単だ。魔力を追加するほど難しくなるらしい。要練習だな。

いよいよ、クエストの確認をすることにしますか。俺とエリは掲示板の前に行く。Eランクのクエストを受けといて、Aランクのクエストをクリアする予定だ。上手くいけばいいが。

「エリは、Eランクのクエストを探して選んでくれないか？」

「わかりました。探してきます」

Eランクのクエストはエリに任せて、俺はAランクのクエストを探す。さすがにAランクともなると数は少なかった。

一つ目が炎竜の討伐。

二つ目がリザードマンの大規模集団の討伐。

三つ目が王族の護衛。

この中からできるものを選ぶ。

三つ目の、王族の護衛は真っ先に候補から外れる。これはギルドを通して任命されるので、そもそもクリアできない。ギルドとしても、ちゃんとした実績のある冒険者を雇わないと、自分たちの信用にかかわるし。

一つ目と二つ目は、正直言ってどちらもやればできる。

一つ目について考える。異世界に来たのだ、本物の竜を見てみたいと思うのは俺が男だからか。しかし、戦闘に慣れてきたといってもいきなり竜の討伐はどうなのだろうか？もう少し考える余地があるだろう。

ということで自動的に二つ目をクリアすることに決まる。リザードマンなら何とかなりそうだ。

「ご主人様。Eランクの良さそうなものを見つけてきました」

エリからクエストの依頼書を受け取る。紙にはリザードマン討伐一匹と書かれていた。

丁度良い、一石二鳥のクエストだ。二つ目にしない理由が無くなった。

俺たち二人は今、洞窟の中を進んでいた。もちろん、リザードマンの大規模集団を狩るためだ。カオルさんに対しては、Eランクのクエストとしてリザードマン一匹の討伐に行ったことになっている。

Eランクと Aランクにはとても大きな差がある。どれほど強ければAランクになれるのか。

時にはスズヤさんみたいな天才と言われる人が出てきて、あっという間にAランクになってしまうこともあるが、普通の人であれば生涯をかけなくてはいけないことだ。長い長い道のりである。

それじゃあ、どうして今回のEランクのクエストとAランクのクエストが似たり寄ったりなのかというと、それはリザードマンの特徴にあった。

まず、リザードマンとは青色のトカゲに似た二足歩行のモンスターだ。手には盾と槍を持ち、身を守りながらも鋭く攻撃してくる。基本は一匹で行動し、集団で行動することも稀にある。

単体なら、Eランク冒険者一人で奮闘したら勝てる。二人なら余裕。そんな感じだ。だから、Eランクのクエストでは定番に入る。

では、Aランクのクエストの方はどうか。これも内容としてはリザードマンの討伐だ。相手の数が集団に変わっただけ。特に今回は大規模と書かれているため、その数は一〇〇は超えると思われる。数は力なり。確かにそう言える。

しかし、それだけならまだCランク止まり。

ここにある偶然が重なると、一気にAランクに変わる。それは、リザードマンのボスがいるか否かだ。ボスがいるだけで、リザードマンは劇的に強くなる。

リザードマンのボスは色が赤に変わる。また、あるスキルを所有している。それは集団統一というものだ。

集団統一スキルは、その名の通り、集団をまとめ上げることができるスキルだ。命令通りに一糸乱れぬ動きをさせることができる。さらに、リザードマンのボスは知恵を身につける。それがどういったことを招くのか。想像しただけで恐ろしいというものだ。

統一されたリザードマンは、一人のリザードマンのボスの下、鍛えられた軍隊のように動く。

単に自分の身を盾で守り、槍で突くだけだったリザードマンが、統一されることで盾役は盾役、槍役は槍役と担当を分け、死角を作らないよう全方向に備えた戦術を立ててくる。そうなると、討伐は一気に難しくなる。

知恵を身につけたモンスターほど厄介なものはない。人間以上の体で、人間のような動きをしてくるのだから。これが、同じリザードマンの討伐でもランクが異なる本当の理由だ。

今の俺の格好は冒険者風。腰には剣をさしているが、今回は多分使わないだろう。試したいことがあった。

洞窟の中を懐中電灯で照らしながら進む。異世界なら松明だろう、と突っ込まれようが、俺は懐中電灯の方が使いやすいから使う。電池だっていくらでも取り出せるので、消えることもない。便利だ。

徐々に奥に進んでいく。そろそろモンスターが出てきてもおかしくないので、武器も用意する。

取り出したのは、軽く扱いやすいハンドガンを二丁。弾はそれぞれ大体二〇発、威力はそこそこのタイプだ。二丁取り出したのは、弾を補充する時間がない時のための予備としてだ。一丁は手に持ち、一丁は腰に差していつでも抜けるようにしておく。

「ご主人様……それは?」

「秘密兵器。これを使って戦ってみる」

とはいえ、リザードマンの大規模集団相手にこれだけでは勝てないと思うので、一応対策は立ててある。

実は、俺は銃を扱える。これは両親の親バカぶりのせいで、中学の時に銃を習ってみたいと言うと、お金の力で海外で撃たせてもらえた。しかも、軍人による直接指導付きで。

中学生に何をさせるのかよ‼　と昔は突っ込んだものだが、今ではそれが役に立っているので何も言えない。その時に様々な武器の扱い方を教えてもらったが、その話はまた今度にしよう。

ガタッ。

どうやらエンカウントしたらしい。

「エリ」

「はい、ご主人様」

俺たち二人は音のする方を向いて武器を構えた。

出てきたのはリザードマンだった。たった一匹。多分集団からはぐれたのだろう。

練習には丁度いい相手だ。どんな攻撃をしてくるのか把握することができる。

バトルには情報が必須だ。これは俺に銃の撃ち方を教えてくれた教官が言っていたことだ。

リザードマンがこちらに気づく。手に持っていた盾と槍を構えた。体が隠れるように盾を持ち上げ、槍をこちらに向けた。これがリザードマンの基本スタイルなのだろう。

「エリ。相手の攻撃を何回か見たい。少しずつ削るように戦う」

「はい、わかりました」

俺が前衛、エリが後衛だ。以前の狩りではエリが前衛で戦ってくれたが、ステータスを見せてもらうと実は後衛向きのステータスだった。俺より戦闘に慣れているからと、あえて危険な前衛を買って出てくれていたらしい。

ちなみに彼女のステータスはこんな感じだ。

レベル5
HP130　MP90
攻撃20　防御35　素早さ50
〈魔法〉
炎魔法レベル2
回復魔法レベル1

レベルは俺より高く、ステータスもやや高め。炎魔法を持っていることは知っていたが、回復魔法も持っている。二つも魔法が使えるので、エリは後衛の方が生きるわけだ。

となると自動的に俺が前衛になる。銃を使う俺が前衛とは変な話だが、スピード重視の速攻型として動くとしよう。

　早速、銃を構えて迷わず打つ。だがこれは様子見。普通に盾に当たって弾き返された。

　リザードマンは今の攻撃がなんなのかわからなかったようだ。

　正確に狙えてはいないが、ある程度思った通りのところにいってくれた。相手はそれに反応しきれていない。弾丸が見えてないということでいいだろう。むしろ見えていたら怖いが……モンスターなのだ。何があってもおかしくはない。

「グガガガガ！！！」

　リザードマンが矛先を俺に向けて突進してきた。前方に盾を構えていて、守りと攻めを同時に叶えている。だが、それは俺には通用しない。

　攻撃する時は必ず弱点が出てくるものだ。これも教官の教えだ。

　リザードマンの突進は攻守で完璧なように見えたが、もちろん、弱点があった。教官の教え、恐るべし。

　バンッ‼　バンッ‼

　弱点は、突進の動きにつられてどうしても盾で隠すことができなかった足。その両足をきっちり撃ち抜いた。

「グギャギャギャ！！！」

　リザードマンから苦痛の声が漏れる。しかし、突進を止めるには銃だけでは足りなかったようだ。

「汝(なんじ)、炎魔法の力ここに。ファイヤーボール！」

来るとわかると同時に、追い討ちをかけるようにエリの魔法もリザードマンに当たった。威力は抑えてあるが、それでも充分強力だった。

「エリ。もう少し抑えて。強いよ」

「すみません」

これはやってしまったかも……と思いながらリザードマンを見る。焦げた匂いがする。

「グギャギャギャ……」

声が聞こえた。まだ、生きている。リザードマンはどうやら結構タフなようだ。集団と出会う前に、このことを考慮(こうりょ)して戦わなくてはいけないとわかって良かった。弾丸は貫通したが、この銃では火力が足りない。一方で、火への耐性が無いようだな。

もっと調べたかったが、これ以上は無理か。

「今、楽にしてやる」

いくらか情報が集まったので、戦闘を終わらせることにした。銃口がぶれないようにしっかり両手で構えて、狙うはもちろん頭。

バンッ‼

傷ついた足で何とか立ち上がろうとしていたリザードマンだが、そのこめかみに穴が開く。断末魔を上げることもなく、ただゆっくりと倒れ、そして体が消えた。

残ったのは槍と盾、そして魔石だ。魔石はギルドに持っていくと買い取ってくれる。盾と槍はそのまま放置した。持っていっても邪魔になるだけだ。

初めての銃を使った戦闘だったが、案外ちゃんと戦えた。まだ修正すべきところはいくつかあるが、そこはステータスでカバーしようと思っている。

「エリ、行くよ。今度は本番だ」

俺たち二人は、リザードマンの大規模集団がいるとされる場所に歩を進めた。

バチッバチバチ。

壁に据えつけられた松明から散る火花の音が、洞窟にこだまする。今、俺たちは扉の前で休憩を取っていた。この扉の奥に、リザードマンの集団がいるとされている。

まるでゲームみたいだな、と俺は感じた。扉の奥にはＢＯＳＳ。まさしくゲームに似ている。どうしてこのようなところにリザードマンたちが集まっているかは不明。ただ、扉の奥に気配があるのだけはわかる。

僅かな休憩を終えた後、俺たちは扉の前に立った。エリと目を合わせて、お互い頷く。

二人で一緒に扉に手をかけた。

ガタンッ。

大きな扉が開く。思ったよりも重くて結構な力が必要だった。

扉の奥には長方形の広い空間が広がっていた。以前行った東京ドームぐらいはある。そのぐらいでないと、一〇〇匹以上のリザードマンは入らない。

そのリザードマンは、俺たちを見ながら奥で待ち構えていた。横一列に並んで隊列を組み、こちらに槍を向けて盾を構えている。突っ込んでこられたら逃げ場は無い。

その後ろにも別の隊列が並んでいる。二段構えのようだ。

さらにその奥には、赤いリザードマンが立っていた。横に二、三匹普通のリザードマンを従えている。これは幹部的な奴らのようで、しっかりと鎧をつけていた。

「があああああああ！！！！」

赤いリザードマンが吠える。

槍を掲げ、俺たちに向けた。

「来るぞ、エリ。突っ込むから援護を頼む。まずは殺気を使う」

「わかりました。援護します」

リザードマンの第一陣が突っ込んでくる。

俺は足に部分強化をかけて突っ込む。体が一気に軽くなり、スピードが上がる。重力が無いようだ、とまではいかないが、それくらい軽くなったような気がした。

さて、一気にカタをつけよう。突っ込みながら殺気を放つ。

殺気は威力を調節できるようになるまで練習していた。

段階としては1から10まであり、数が多いほど強くなる。1が微々たる殺気、2が一般人レベルの殺気、3が熟練した冒険者レベルの殺気、4がAランクの冒険者レベルの殺気、5以降は未知数である。

ただし、殺気にも弱点があるようで、6以上の殺気を放つと一気に魔力を放った脱力感に襲われてしまう。そのため、そうそう6以上を出すことはできない。

今回は5の段階にした殺気によって、突っ込んできていたリザードマンの第一陣全てが動きを止める。恐怖から意識が飛んだのだ。

ダンッ‼

倒れた隊列の上を飛び越える。それと同時に部分強化を手に移動。空中で、あるものを隊列全体に広がるようにいくつも投げた。そして着地前にまた部分強化を足に……ギリギリ間に合った。

トンッ。ダンッ‼

着地したら一気に前に進む。そして……

ゴウッ、と後ろで一気に火が燃え広がった。

振り返りはしない。俺はまだまだ前に突っ込む。

さっき投げたのは焼夷弾。リザードマンに銃はあまり効かなくても、火に耐性が無いことはわかっている。

本来、焼夷弾とは栓を抜いて使うものだ。そして見た目から想像するより重い。野球のピッチャーのような構えで投げようとすると脱臼してしまうほど重いのだ。軍隊などでは普通に投げているが、それでも最高二〇メートルぐらい。

なので、手を部分強化することでちゃんと投げられるようにして、転送する時に栓を抜いたものを想像した。

多分、全滅に近い状態に持っていくことができただろう。残ったものはエリに任せる。

「グアアアアアアア!!!」

怒り狂った様子の赤いリザードマンが叫び、第二陣が動き出す。今のやり取りから学び、今度の行進はゆっくりだが、俺には関係ない。どんな対策を取ってきても、殺気の一発で意識を刈り取る。

バタッバタッ。

第二陣も全てのリザードマンが気絶した。こちらも同じように焼夷弾を使って一掃。後ろをちらっと確認すると、エリもついてきていた。

ちなみに、さっきから俺のレベルアップが激しい。ずーと、レベルアップ音が鳴りっぱなしだ。さすが、Aランク相当のリザードマンの集団だ。

エリも多分レベルが上がっているだろう。というのも、パーティーを組んだ者同士は、どこにいても同じ経験値が入るのだ。

残るは幹部のリザードマン三匹と、赤いリザードマン。同じように殺気を5の力で放つ。幹部のリザードマン三匹は気絶し、赤いリザードマンだけはかろうじて踏みとどまった。

これは予想外だったが、恐怖から動くことは困難みたいだ。

「残念だったなリーダー。チェックメイトだ」

少し遠くから言ったので聞こえなかっただろう。やすやすと近づくつもりはない。もし攻撃を受けたら大ダメージになるからな。

地球から、あるものを召喚。肩に担いで構える。

いわゆるロケットランチャーだ。狙いは赤いリザードマン。しっかりと構えたら足を部分強化して土台を作り、引き金を引いた。

ズドンッ。

赤いリザードマンに見事命中。動かない敵ほど簡単なものはない。これにより、戦いは終了した。

「ご主人様、お疲れ様です」

「残党狩りありがとう」

「いえいえ、私はこんなことしかできないので……もうすっかり私よりも魔力の使い方が上手くなりましたね」

「まだ粗があるがだいぶ慣れてきたよ。これもエリが丁寧に教えてくれたからだ。ありがとうな」

そう言ってエリの頭を撫でた。身長が小さいので、丁度いいところに頭がある感じだ。

エリは嬉しそうな顔になる。

終わってみると案外簡単だった。魔力操作を使えばどうにか倒せたし。何より地球の武器がモンスター相手に通用したことは大きい。この世界には無い物だから、他人に見られないようにしなくてはいけないかもな。

後は魔石を回収して洞窟から出る。

ギルドカードには、討伐したモンスターがしっかりと刻まれている。これでばっちりミッションクリアだ。カオルさんがどんな反応をするか楽しみだ。

俺たちは元来た道を引き返して帰った。

12

洞窟を出た俺たちは街に着き、ギルドに向かっている。

その途中、俺はエリの様子が変なことに気がついた。フラフラ歩いていて、今にも倒れそうな感じだったのだ。

「エリ、どうした？　大丈夫か？」

「大丈夫です。少し、魔力を使い過ぎたかもしれません。時間が経てば治るので……」

「キツくなったら言えよ。もうエリは俺の家族なんだから」

「家族……ありがとうございます」

エリは少し大人びている、と俺は思っている。確かに戦闘では助けてもらったが、まだ一五歳なんだからもっと子供っぽくてもいいと思うのだ。もっと甘えてもらっても文句は無いのに、エリは頑なにそれを拒んでいる。

ギルドに着いた頃には、エリは俺の肩を借りないと歩けないほどになっていた。本当にこれはエリの言う通り、魔力の使い過ぎなのだろうか。

カオルさんのところまで行き、椅子があったので座らせた。

「どうしたの？　エリちゃん」

「少し、魔力の使い過ぎみたいだ」

「リザードマンの討伐、そんなに厳しかった？」

「いや、あんまりそんな感じじゃなかったんだが、エリには苦労をかけていたのかもしれない」

あまり負担にならないように俺が多めにリザードマンを倒していたつもりだったが、結構残党がいたのだろうか？　見ていないからわからない。

「それでクエストの結果は？」

「バッチリ。Aランクのクエストをクリアしてきたぜ」

「……」

カオルさんの沈黙が痛い。せ……せめて何か言ってほしい。

「あの……カオルさん？」

「それで……何をしてきたの」

カオルさんは笑顔で言う。目は笑っていなかったけど……

「これです……」

ギルドカードと依頼書を提示する。あらかじめ、リザードマンの大規模集団討伐の方も取っておいたのだ。

「はあ～、エリちゃんがこんなになるのも頷けるわ。この数を二人で狩るなんて自殺行為よ。いったいどうやったの？　本来なら三つぐらいのパーティーが組んで行なうクエストを二人でなんて……私は忠告したつもりなのだけど……」

「いや～、どうしてもモンスターフルーツを自分で採りに行けるようになりたくて……」

「それだけのためにこんなことをする？　料理人にまともな人はいないの？　エリカもエリカで未だに革の防具だし……わからないわ」

そう言いながらも、クエストの報酬などの手続きをしてくれている。カオルさんはどちらかというと冒険者に甘い方なのかもしれない。

「はいこれ、今回の報酬。それとBランクのギルドカード。前代未聞（ぜんだいみもん）よ、EランクがいきなりBランクになるなんて。もう危険なことはしないようにね」

「わかってる。エリに迷惑をかけたから、こんなことはもうしないよ」

「エリちゃんをしっかり休ませてあげなさい」

エリを見ると、椅子の上で眠ってしまっていた。起こすのはどうかと思い、お姫様抱っこで運ぶ。レベルアップで俺のステータスも上がっており、軽々と持ち上げることができた。

「それじゃあ、帰ります」

「ひゅ～、お熱いね。もう結婚したらいいのに」

「ご冗談を。エリは俺にとって娘みたいなものなんで、ないですよ。父親気分みたいな感じなんです。ではカオルさん、またレストラン来てくださいね。新しいデザートを用意しておくので」

そう言って、俺はギルドを出ていく。

「魔力の使い過ぎか……あれは多分違うわね……どちらかというと……でも、娘ねぇ。そのまま娘として見ることが、いつまでできるかしら」

後ろでカオルさんが何か言っていたが、俺の耳に届くことはなかった。


エリを抱っこしたまま、店に着く。そのままベッドに寝かせてあげる。汗をたくさんかき、何より苦しそうだ。熱が出ているようにも見えてくる。

俺は台所に行き、タオルと水を張ったタライを持ってくる。そのタオルに水を含ませてエリのおでこに載せた。できれば何か薬を飲ませるなりしたいのだが、俺はこの世界の病気や魔力を使い過ぎた時などへの対処法を知らない。休めば治る、というエリの言葉を信じるしかなかった。

カオルさんもエリを見て特に何も言わなかったので、多分休ませるということで合っていると思う。でも帰る前に対処法を聞いておくべきだった。今更後悔する。

おでこに載せたタオルが温く（ぬる）なったら、たらいの水につけて絞り、また載せる。ひたすらそれを繰り返す。俺はエリの様子が落ち着くまでベッドのそばに付き添った。


「ん……」

肩にかかっていたシーツが落ちた。

いつの間にか眠っていたようだ。ベッドの上にエリはいない。元気になったのだろうか……

コンッコンッ。

部屋の扉がノックされた。家には俺とエリしかいないから、エリだろう。立ち上がって扉を開ける。

「どうした……エリ……」

俺は開けた扉をゆっくり閉めた。気を落ち着かせて、もう一度、扉を開けてみる。

「……」

「ご主人様？」

また扉を閉めた。知らない子が立っていた。エリに似ているが、どことなく違う。いや、全然違う。

「あの……ご主人様……」

今度は自分で扉を開けてこちらを覗く女性。いつも見ていた狐耳、そして尻尾。どう見てもエリだ……しかし……あ……あんなに……

ボインッ。

胸はなかったはずだ‼　それに、背も俺と同じくらいになっている。なんなんだ。成長期か、成長期が来たのか。

女性が部屋の中に入ってくる。やっぱりエリだ。俺が寝ている間に着替えたのか、サイズの合う新しいメイド服を着ていた。

「まずは座ろうか……」

「はい」

俺とエリは向かい合うように座る。まずは話を聞こう。これは成長期では説明できない。

「どうして……そうなった？」

「はい。ご説明するには、少し時間を遡りのぼ ります。私の記憶があるのは、ご主人様が私の頭にタオルを載せてくれているところからです。その時はとても体がだるくて、言葉を交わすことさえ困難な状態でした。一時間ほどしてご主人様が寝てしまった後、私の体に異常が起こりました。体の中から力が漲るような感じがして、その直後に体が大きくなり始めたのです。そして、今はご覧の通りです」

うーむ。いまいちわからない。何故、突然体が大きくなったのか……病気が影響しているのだろうか？　魔力欠乏ではなかったのかな？

「大きくなった理由はわかる？」

「……はい。おそらくは……」

どうやらエリには思い当たる節があるようだ。

「私が狐族ということを、ご主人様はご存知ですよね」

「ああ」

「それでは、狐族が獣人族の仲間というのは……」

「それももちろん知っている」

ちなみにこの世界では、動物も全て獣人族に含まれるらしい。その辺りにいる四足の猫、犬はもちろん、鳥なども。

「獣人族には人間と違う点があります。それが進化です」

進化か……なんか、読めてきたぞ。

「進化についてご説明しますね。獣人族の進化には、大きく分けて二つあります。一つ目が能力が覚醒する進化、二つ目が体が大きく変わる進化です。一つ目はそのまま、隠された能力が覚醒することです。そして今の私みたいに見た目が変わって身体能力が上がるのが、二つ目の進化です。多分、私の弟はこちらの方の進化を早い段階でしていたのだと思います。しかし、獣人族でも進化することは稀です。多分、何か条件があると思うのですが、それはまだ解明されていないのです」

進化か……奥が深い。人間である俺には関係がないことだが。

とにかく、エリはいつの間にか進化の条件を満たしたということか。何だろうな……大幅なレベルアップが原因だろうか？　考えてもわからない。

改めてエリを見る。出るところは出て引っ込むところは引っ込み、全体はスラッと……モデルみたいだな。

ここまで大きくなってしまっては、俺はもうエリのことを娘として見られなくなってしまった。一人の女性として見てしまう。やばいぞ……これは。何か対策しないと、今近寄られたらそのまま押し倒してしまうかもしれない。危ないことは何度かあったが、今までは何とか逃れてきた……今回が一番危ないかもな……俺の貞操(ていそう)が守られるかは、ここが正念場(しょうねんば)かもしれない。

「ご主人様……そろそろ店を開ける時間です」

「もうそんな時間か」

後で考えることにしよう。今日も仕事だ。

「それじゃあ、今日もよろしく、エリ」

「はい、ご主人様」

俺は急いで着替えて、厨房に入った。

今日はいつもより忙しかった。いつもの兵士に加えて、女性のお客様が増えていた。これはサラダのセットとコーヒーをメニューに加えたことの効果みたいだ。

それはさておき……少し殺気を飛ばす。これまでより調節できるようになっている。

えっ？　何故、店の中で飛ばすのかって？

それは、エリにいやらしい視線を向ける男が多いからだ。エリは進化して、子供から一気に大人になった。しかも、メイド服に狐耳と尻尾、大きな胸まである。

俺はエリをいやらしい目で見ている奴に、かたっぱしから殺気を飛ばしていた。するとそいつはすぐに視線を逸らすが、またすぐに違う奴が視線を向ける。きりがない。

「ご主人様。大丈夫ですか？」

「ああ、大丈夫だよ」

そんな俺を心配してくれるエリ。しょうがない、諦めるか。どうやらエリもあまり気にしていないようだしね。いつも通り料理を作ることに専念する。

新しくメニューに加わった麻婆豆腐（マーボードウフ）の売れ行きも上々。あまり辛くないようにしたのが良いみたいだな。

俺も手が空（あ）いたら料理を運ぶのを手伝う。すると、兵士たちの話が聞こえてくる。

「どうやら昨日、Eランクの冒険者なのにAランクのクエストをクリアした奴が出たらしいぜ」

「まじかよ。確かに受けられるクエストに決まりはないが、そんな奴が出てくるものかよ」

「本当だって。だから、ギルドではもうこんなことが無いようにするために、ルールを追加したみたいだ」

「ああ、俺もそれは聞いた。自分のランクの一つ上のクエストまでしか受けることができない、ってやつだろう？」

「そう、それそれ。今まで無かったのがおかしいくらいだな」

すっかり昨日のことが噂になっていた。でも俺がそのEランク冒険者だということは知られていない。あまり目立つのは良くないな。

それから、なんだかんだで今日を終わらせた。今日はルイスは来なかったな。忙しいのだろうか。

片付けを終え、エリと一緒に厨房に入る。夕食を作るためだ。毎日俺が作っているが、エリは美味しいですと言って全部食べてくれる。

もういっそのこと、夕食で食べたものの中から一番美味しかった料理をエリに選んでもらって、それを店のメニューに追加しようか。うん、それが良いような気がする。そうしよう。

「エリ。今までの夕食の中で、一番美味しかったやつを教えてくれ」

「一番美味しかったものですか？」

エリと出会ってから、たくさんの料理を作ってきた。日本料理、中華料理、西洋料理とジャンルも様々。さて、何が美味しかったのか。

「うーん。美味しかったもの……あっ‼　あれが美味しかったです」

名前を忘れたのか、思い出すように首を傾げている。もう少しで出てきそうらしい。

「プリップリッの触感で、まろやかな辛さが美味しい……そう、エビチリです‼　私はエビチリが好きです」

エリが選んだのは、中華料理の代表的な一品、エビチリだった。

エビチリは中華の言葉では乾焼蝦仁（ガンシャオシャーレン）と言う。今回は、エリが好きだというまろやかな辛さにしたエビチリの作り方を紹介しよう。

まずは、エビの下処理から始める。エビの殻（から）を剥いて、尻尾と背ワタを取る。背ワタは苦味のもとで、このちょっとした手間が美味しくなるコツだ。切って取るのもいいが、見栄（みば）えを良くするなら竹串などを使うと良い。

背ワタを取ったら、片栗粉を軽くまぶして洗う。片栗粉のおかげで汚（よご）れが綺麗に取れるのだ。

その後、しっかりと水気（みずけ）を切る。キッチンペーパーを使っても良いので、とにかく水分を残さないこと。

続いて塩・旨味（うまみ）調味料・卵白（らんぱく）・片栗粉をまぶして下味をつける。これでエビの下処理は終わりだ。

次は野菜の下処理。こちらは簡単で、ネギ・生姜（しょうが）・にんにくをみじん切りにするのみ。

フライパンにおたま四杯分くらいの油を入れて火にかけ、下味をつけたエビを油通しする。

　フライパンから油通しに使った油をきり、新しい油を少し入れて、生姜・にんにく・甘酢・ケチャップ・豆板醤（トーバンジャン）と軽く混ぜてから火をつける。最初から火をつけないのは、油通しをした際の余熱があるので、熱くなりすぎて焦げないようにするためだ。

　火が通ったら、湯（タン）を入れて軽く混ぜ、火を止める。その後で酒・砂糖・塩・胡椒を入れ、味を見る。

　味が決まったら、先ほど油通しを済ませたエビをフライパンに入れて炒める。途中でグリーンピース・ネギを加えて軽く炒めたのち、水溶き片栗粉でトロミをつける。トロミがついたら強火のまま溶き卵を回し入れる。このとき、卵黄（らんおう）だけを使用する。全卵で作ってしまうと色がついてしまうので、見栄え上よろしくない。

　それから化粧油を入れ、最後に味をまろやかにするため少し酢を足したら完成だ。

　作ったエビチリを皿に盛って運ぶ。エリにはご飯をついで持ってきてもらった。

「それじゃあ、食べようか」

「はい‼」

　好物と言っていたエビチリが出てきて、エリはとても嬉しそうだ。大人の姿に変わってもこういった表情は変わっていない。

席についた俺たちは手を合わせる。

「「いただきます」」

小皿に取ってひと口食べる。プリップリッのエビの感触が良く、味はまろやかな感じに仕上がっている。これは卵黄と最後に入れた酢のおかげだろう。

あまり辛くはないので誰でも気楽に食べられる。これなら、店で出しても問題はないと思う。

「おかわりは？」

「いただきます」

ご飯が二杯目に入った。よく食べるな、エリよ……俺が心配することじゃないが、太るなよ。せっかくの可愛さが失なわれるのは勿体ないからな。エリの将来のことが心配になる俺だった。

13

予想に違わず、新しくメニューに取り入れたエビチリは、特に女性に大人気だった。これからもこうやってメニューを増やすのも良いかもしれない。

　そして今日は週二回ある休みの日だ。ということで、ずっとお預けになっていたモンスターフルーツを採りに行くことにする。

　場所はカオルさんから聞いている。この街を出て南にある、大きな深い森の奥地だそうだ。森の中には結構凶暴なモンスターがいるみたいだが、Bランクの俺たちは問題なく入れる。今はその森の中にいた。

「不気味……ですね……」

「そんなに心配するな。何か出てきたら俺が何とかするよ。まあ、フォローを頼む」

「はい、わかっています」

　エリと一緒に森の中を進んで行く。森に入って一時間以上経つが、モンスターとの遭遇はゼロ。何たる強運だろうか。

　と言いたいが、これは俺がモンスターと出会わないようにしているだけだ。

　どうやって、だって？　そんなの簡単だ。誰も逆らえない殺気を辺りに散らせばいい。ほら、簡単だろ？　まあ、これは無限に魔力がある俺にしか出来ない芸当だが。

　そうそう、殺気はこの通り全方位に散らすことができるようになった。伊達にエリをじろじろ見る男どもに殺気を飛ばしてはいない。使い慣れてしまって、もう得意と言っていい。身体強化の方も順調だ。地球から武器を持ってこなくても、身体強化だけで充分なくらい強くなってしまった。力は必要だが、最低限エリと自分を守れる力があれば充分だ。
その前に、俺の殺気に耐えられる怪物がいるか怪しいがな……
さて、ここで俺たちのレベルを見直すとしよう。あのリザードマンの一件以降、ずっと見直していなかったからな。

レベル23
HP340　MP無限
攻撃150　防御130　素早さ120
〈魔法〉
創造召喚

これが俺のステータス。レベルは結構上がっていたが、微妙(びみょう)な感じだな。

レベル25
HP350　MP420

攻撃200　防御230　素早さ250
〈魔法〉
炎魔法レベル2
回復魔法レベル2

そしてこっちがエリの。やっぱり決定的にステータスの上昇率が違うもんだ。レベルは二つしか違わないのに攻撃や防御などは結構な差がついている。

それとは別に、エリの回復魔法のレベルがいつの間にか2になっている。進化したおかげなのだろうか。今思うと、俺の創造召喚にはレベルがないな。違いはなんだ？　曖昧すぎるものだ。

なんだかんだで順調だな。店も繁盛していて、お金を稼げている。忙しくても楽しくやっていけている。後は、この世界の食べ物をたくさん食べてみたい。まだまだ知らない材料がありそうで楽しみだ。

おっと、そうこうしている間に目的地に着いたようだ。俺は殺気を撒き散らしながらそこへ近付いていく。

そこでは、木のモンスター・トレントが俺を見て震えていた。殺気が強すぎたようだ。

そう、モンスターフルーツはこいつに生るのだ。

トレントには大きく分けて二つの種類がある。動かないトレントと、動くトレントだ。動かないトレントはひたすら獲物が近寄って来るのを待つか、何もしなくても生きることができる。動くトレントは森の中を歩き回り、獲物に近付いて狩る。

そして今回の目的であるモンスターフルーツが生るトレントは、何もしなくても生きることができるトレントだ。イコール、動けないタイプのため、もろに俺の殺気を浴びていて震えている……いや、もう気絶していた。

本来なら蔦などで攻撃してくるのだが、気絶していてはそうもできない。あっさり、枝に実っていた分を採ることができた。

なんだかんだで、これで終わり。あっけない……あまりにもあっけないよ。これでBランク以上じゃないと来てはいけないとは……残念でしかない。一応、男だし……異世界だし……戦いたいじゃん。リザードマンを狩ってから、少し狩りの楽しさを覚えたというか……でもバトルジャンキーじゃないからな‼

……帰ろう。採れるだけ採って帰ることにした。ありがたく持っていかせてもらいます。

帰りも殺気をふりまいて安全に帰りました。殺気をやめたら戦うことができるだろうが、エリもいるのだ、安全が一番だ。

街へ向かう途中、森を抜けて街道を歩いていると、近くを馬車が通った。

「あっ、ちょっと待ってくれ」

俺は思わずその馬車を止めた。森と街の間は思ったよりも遠く、来る時には三時間もかかったのだ。良ければ乗せてもらえないかと交渉しようと思ったところ、呼びかけた馬車はすぐに止まった。

「なんだ？　なんか用か？」

馬車を運転していたのは、片目に眼帯をつけたおっさん。ちょっと強面だが、こういった人相の人はこの世界ではよく見かける。

「急いでいるところすまない。できれば、街に行くなら乗せてほしいんだ。来る時に三時間もかかってちょっと大変だと思ってね。乗せてもらえるならちゃんとお礼を出すよ」

ポケットから金貨を出して交渉する。眼帯のおっさんは怪しんでこちらを見たが、少し考えてから頷いた。

「いいぜ。ただし、一人金貨一枚だ」

ちょっと、ぼったくられた。

馬車に乗って街へと戻る。

話をしてみると、眼帯のおっさんは商人らしく、案外良い人だということがわかった。世間話も面白可笑しくしてくれる。

今俺たちがいる御者台の後ろには幌付きの荷台がつながっていて、どうやら商品が置かれているようだ。

「へ～、Bランクの冒険者なのかあんたら」

「いえ、私の実力は良くてもCランクだと思います。ご主人様が強すぎなのです」

「エリ、それは言いすぎだ。最近になって少しは強くなってきたと思っているが、これはエリが戦い方を教えてくれたおかげだから」

「そうか……見た目だけで判断したら痛い目見るもんだな。兄ちゃんみたいに外見はひよっこでも、本当は強いっていうんだからな。信じられないぜ」

そう言って、眼帯のおっさんは笑った。ひどい言われようだ。

ガタンッ。

後ろの荷台から音が聞こえた。何かが落ちる音だ。

「おっさん。後ろで音が聞こえたが……」

「なに、気にするな。ちょっと物が落ちただけだ」

「それは大丈夫なのか？　壊れたりしないのか？」

後ろの荷台に何が入っているのか、俺たちは知らない。だから少し心配になった。

「何なら、確認してこようか？」

「大丈夫、大丈夫だって。壊れたりしないよ。そんな商品、うちにはないからな」

「なら、いいけど……」

この時は、そう言うなら心配しなくていいかと思ったのだが……

ガタガタガタガタ。

今度は何かが動いたような音が聞こえた。何かがおかしい。そう感じた。

「おっさん、何か動いてるようだぞ。大丈夫なのか」

「大丈夫だ。心配するな」

おっさんの額から汗が垂れる。本当に大丈夫なのだろうか。

「やっぱり見て来た方が……」

ザッ、ザッザッーーー、と車輪を滑らせて、眼帯のおっさんは馬車を止めた。

「ちょいと自分で見てくるわ。何かあった時は頼む。人には見せられないものがあるから、幌の中に入れるわけにはいけないんだわ」

「危ないものなのか？」

「いや、危なくはないが一応確認だ。生き物がいるってことは言っておく」

そう言って、眼帯のおっさんは少し怖い顔で荷台の中を見に行った。いったい何が置かれているのか気になる。見せられないものとは、いったい何なのか。怪しいことしきりだ。

少し時間が経って、眼帯のおっさんは荷台から戻ってきた。怪我とかはなさそうだ。

「大丈夫だったのか？」

「ああ、大丈夫だ。少し薬を使って眠らせた。暴れそうになってたからな」

「モンスターが入っているのか？」

「まあ、ここだけの話だ。魔物使いに売るためのモンスターを運んでいる。ちょいと特殊なモンスターだから見せられないがな」

止まっていた馬車が再出発する。

どんなモンスターなのか気になるが、聞かないことにした。眼帯のおっさんが怖い顔で時々荷台を見ていたからだ。俺は荷台を少し見つめた後、前を向いた。

その後はいたって平和だった。しばらくすると眼帯のおっさんは機嫌が直ったのか、また元気に楽しく世間話をしてくれた。荷台のことには一つも触れないが。

「冒険者、頑張（がんば）れよ」

「おっさんも商人として頑張って」

「ありがとうございます」

街に着くと、そのまま眼帯のおっさんと別れた。短い間だったが、良いおっさんだった。

店に帰ると、早速採ってきたモンスターフルーツを食べることにした。異世界の人の全員がうまいというほどだ、期待する。エリも食べたことはないそうで、お互い初めての実食だ。

そんなモンスターフルーツの形は……どう見てもリンゴだった。採った時に気づいていたが、どう見てもリンゴだ。真っ赤なリンゴ。まさか……そのまんまリンゴだったりしないだろうな。こっちの世界ではリンゴではなくモンスターフルーツと言われている、というオチだけはやめてくれよ。

まずは切って中身を確かめる。皮も、中の果肉もリンゴそのものだった……落胆。エリは俺の様々な表情を見て首を傾げていた。何に落ち込んでいるのか、エリはわかってないからな。

俺はリンゴなど食べ飽きているのだ。本当に期待していたんだ、モンスターフルーツには。期待していた分、ダメージは大きい。

リンゴならということで、遊び半分でうさぎリンゴを作る。適当に縦にカットして、皮にV字の切り込みを入れてから剥くだけ。簡単だ。小さめの包丁や、ペティーナイフを使うとやりやすい。あと、酢水に漬けておくと時間が経っても黒ずみにくいので、覚えておいてもいいだろう。はい、完成。

沢山採ってきたが、まず一個だけ切って二人で分けた。だってリンゴだよ？　半分で充分である。別にリンゴが嫌いなわけではないが、もしかしたら、見た目はリンゴでも地球のリンゴとは違う感じかもしれない。そうであることに少しだけ賭けていた。

「それじゃあ、食べようか」

「はい」

エリは嬉しそうだ。自分で採った物というだけでも味が変わってくるかもしれない。それだけでも採りに行って良かったと思い直す。

「フルーツですが……合掌」

二人で手を合わせる。

「「いただきます」」

フォークで刺してひと口で食べる。うん……やっぱり味はりん……ご？　いや、俺の口の中ではリンゴとは違った味が広がっていた。

リンゴでもリンゴではない。

リンゴの味は確かにしているのだ。しかし、何かが違う。

「甘い？」

リンゴにしては甘い。まるで砂糖が加えてあるみたいだ。と同時に、俺はこれを地球でも食べたことがあるように思う。

もうひと口食べる。食感はリンゴだな……うーむ。本当にどこかで……リンゴ……リンゴ……

「あっ‼」

ビクッ‼

エリが驚いたようにこっちを見る。何でもない、気にするなと言ったら、またモンスターフルーツを食べ始めた。エリはハマっているようだな。

そうだ、思い出した。食感が全然違うからわかりづらかったが、これはアップルパイだ！　アップルパイの味がする！

モンスターフルーツは、木に生った時点で完成されたデザートだったのだ。

異世界なのだ。こんな食べ物があってもおかしくはない。生の時点で料理に匹敵（ひってき）する物。

そりゃあ、美味しいはずだ。これだけの物なら、わざわざ危険な場所まで採りに行くというのもよくわかる。アップルパイとして考えれば、なるほど美味しかった。

それと同時に、このフルーツを使えばもっと良いのが出来るかもしれない、という新しい楽しみが出来た。

いつの間にか切った分を全部食べてしまった。エリも物足りなさそうにしている。

「もう一つ食べるか」

「はい」

もう一つ切って半分に分ける。半分渡すと、エリは美味しそうに食べている。俺もひと口食べながら、何か良い案がないか考える。

モンスターフルーツはこのままで、既に一つの完成された料理である。それに手を加えるとなると中々案が出ないものだ。既に完成しているのだからそれ以上手を加えるべきことはない。炒めたり煮たりするのは合わなさそうだ。

なら、何かをかけてみるか。すぐに思いつくのは、定番の蜂蜜（はちみつ）だな。アップルパイに蜂蜜なら多分、合うだろう。他には……チョコレートはどうかな。おお、いけそうな気がする。

とりあえずこの二つを持ってきて、ひと切れにかけて食べる。

まずは蜂蜜。これは文句なく美味しかった。普通に合うな。でも予想の範囲内だ。

次にチョコレート。うーん、これは微妙だ。チョコレートは何にでも合うのだが、少し思っていたのと違っていた。甘すぎるかな。今度は苦味があるチョコレートを試してみるか。要検討だ。

他に何かないかな。定番だったら面白みがないし、甘いとチョコレートと同じ感じになる。オリジナルのものを作りたいものだ。

デザートだよな……デザートに合うもの……甘すぎず、元の味を生かせるもの。

ふと、エリを見る。本当に美味しそうに食べるものだ。耳がピコピコ動いていて嬉しそうである。でも、健康的には少し心配だ。甘いものばっかり食べていると太ってしまうかもしれない。

あっ、そうか。その手があった。これなら甘すぎない。

席から立って厨房に入り、俺の分のモンスターフルーツを四角に刻む。そしてある物と混ぜた。それから席に戻って、器に盛ったそれをエリに渡す。

「これを食べてみて」

そこには、ヨーグルトとモンスターフルーツを混ぜた、モンスターフルーツヨーグルトがあった。

ヨーグルトには二つの種類があるのはご存知だろうか？　その辺で良く見る一般的なヨーグルトと機能性ヨーグルトだ。

ヨーグルトには、便通(べんつう)を良くする働きがある。これはヨーグルトの中の乳酸菌(にゅうさんきん)が働いているからだ。乳酸菌は二種類のヨーグルトのどちらにも入っている。

それじゃあ、一般のヨーグルトと機能性ヨーグルトの違いは何か？　答えは簡単だ。機能性ヨーグルトには便通をよくする乳酸菌以外にも、別の効果を持った乳酸菌が入っている。乳酸菌の種類は数百にもなる。元々、乳酸菌というのは人の体の中にあり、また人それぞれで乳酸菌の種類が違うらしい……俺もそこまで詳しくないため怪しい知識だが。

ともかく、それだけ種類が多くとも、美味しくない乳酸菌や多く増やすことができない乳酸菌などもあるため、ヨーグルトの中に入れられるのはごくわずかだそうだ。それでもスーパーなどには多くのヨーグルトが並べてあり、機能性ヨーグルトも沢山ある。謳われている効果としては免疫力を上げてくれる、花粉症を抑えてくれる、などなど色々だ。

さて、前置きが長くなってしまったが、この機能性ヨーグルトとモンスターフルーツを混ぜたものが、今作ったモンスターフルーツヨーグルトだ。今のエリに必要な効果を持った機能性ヨーグルトを使用している。内臓脂肪を減らす乳酸菌だ。そう、俺はあくまでもエリに太ってほしくなかったのだ。

話をモンスターフルーツに戻す。

モンスターフルーツは、アップルパイの味。それにヨーグルトをかけた——まあ、この世界ではリンゴにヨーグルトをかけた感じということになるが、ともかくそういう味になる。

見た目は悪くなく、味も申し分ないと思うが、一応店のメニューとして出すためにエリに試食してもらおうというわけだ。

うん、ちゃんとした理由になっている。太ってほしくないという理由もあるが、こちらの方が理由として上だ。

「食べてもいいのですか？」

エリが目をキラキラさせながら言ってきた。既に彼女は自分の分のモンスターフルーツを全て食べ終えて、皿の上は空(から)になっている。

「いいよ。食べてくれ。一応、メニューの一つにするつもりだから、感想もお願い」

「わかりました」

エリは待ちきれないとばかりにスプーンを取り出し、すぐさまひと口食べる。いや、そのスプーンはどこから取り出した？ 俺の目には見えなかったぞ？

ひと口食べたエリはすぐに幸せそうな顔をする。毎日ご飯を食べるたびに幸せそうな顔をするため、作る側としては嬉しいことだ。

エリのスプーンは止まらず、どんどん器の中身は減っていき、そしてあっという間に全部なくなった。

「感想をお願い」

「そうですね……バッチリでした」

もっと詳しく言ってほしかったが、笑顔で言われるとこっちも何も言えない。まあ、美味しかったならいいか。俺もひと口食べてみると、思ったよりも美味しかった。

元々アップルパイのようだったモンスターフルーツの甘さが控えめになり、ヨーグルトのほんのりとした酸味が口に広がる、甘すぎないデザートになっていた。

食感も元のシャキシャキ感が出ていて、とても良い。俺はそう感じた。

そういうことで、俺の店に新たなメニューが追加された。名前は、モンスターフルーツヨーグルト……では長かったため、略して「モンフルヨーグルト」となった。

モンスターフルーツは、俺が定期的に採りに行くとしよう。殺気を放てば何も危険はないしな。

14

ある日、店の営業が終わった頃。今日の夕食は何にしようかなどと考えながら、エリと一緒に厨房の片付けをしていたら、エリの手が止まっていることに気づいた。

エリは止まった状態で、ある一点を見ていた。働き者のエリが手を止めることは珍しく、何があるのかと俺もその視線の先を見る。

そこには、朝ご飯の味噌汁に入れようとして創造召喚で持ってきたはいいが、結局使わないでそのままにしていた油揚げ（あぶらあ）があった。

確か地球で聞いたことがあるな。狐は油揚げが大好物だと。もしかしたら、その知識は地球だけに留（とど）まらず、この異世界でも有効なのだろうか？　そしたら猫の獣人族は魚が好き、とかもありうるけど……どうなんだろうか？

「どうしたエリ？　あれが気になるか？」

「あ、すみません、止まっていました。すぐに片付けます」

「いやいいよ。もう終わるしね」

「はい。それで……あの……あれは何でしょうか？」

「あれは油揚げだ。遠い国の食べ物だな。今日はあれを使って夕食を作ってあげようか？」

「はい‼　お願いします」

エリが笑顔を見せる。本当に可愛いな。大人の姿になっても、純粋な笑顔は変わらない。

少し心臓に悪いね。

ということで片付けが終わり、夕食作りに入る。今回はエリに宣言した通り、油揚げを使った料理にしようと思う。

油揚げをメインに使った料理というと、そんなに思いつかない。そもそも油揚げ自体、ほとんどの場合は何かに足したりして使う。味噌汁などだな。

すると作るものは自ずと決まってくる。やっぱり油揚げを主役に据えるなら、これしかないだろう。そう、いなり寿司だ。

いなり寿司は、簡単に言えば味付けをした油揚げにすし飯を詰めたものだ。シンプルな料理なので手軽さも良い。

まずはお米を炊(た)く。すし飯にするので少し硬めに。普通に炊いてしまうと、すし酢を混ぜる際にべっちゃべちゃになるかもしれない。

油揚げを半分に切り、熱湯で一、二分茹(ゆ)でて油抜きをする。ザルにあげて粗熱(あらねつ)を取り、手で水を絞る。ここできちんと水気をきらないと味が染み渡らなくなるので注意。

絞ったら、鍋(なべ)に醤油・砂糖・みりん・だしと油揚げを入れて、落とし蓋(ぶた)をして中火で煮る。煮汁が少し残るくらいになるまで長時間煮て、火を止めたらそのままの状態で冷やしておく。ちなみに、煮物を作る時などもこうして一度冷やすのは、そうすることで具材に味が染み込むからだ。だから二日置いたカレーが美味しいなどと言われる。

油揚げを冷やしているうちにすし飯を作ってしまう。

ご飯が炊き上がったお釜に、酢・砂糖・塩を混ぜ合わせて作ったすし酢を回しかける。

ご飯をさっと大雑把に混ぜたら、あらかじめ湿らせておいた飯桶にあける。飯桶に入れたら素早く切るように混ぜる。しゃもじを大きく動かし、そして斜めから米をすくうようにすると上手くいく。

米がつややかになったら、混ぜるのは終わり。その後はうちわで人肌ぐらいの温かさになるまで扇ぐ。この時、冷まそうとしてもし冷蔵庫に入れたりすると、せっかくのすし飯が硬くなってしまうので、あくまで常温に置いておく。冷めたら濡れたさらしを被せておくといい。

また、お好みでゴマやミョウガなどを混ぜると、また違った味わいのいなり寿司が出来る。今回はそのゴマとミュウガを混ぜたものも作り、素のままのすし飯と二種類作った。

油揚げもすし飯も冷めてきたら、詰める作業に入る。片手にすし酢を付けてすし飯をふんわりとたわら型に握る。もう片方の手で油揚げを鍋から取り出して絞ったら、形を整えたすし飯を詰める。

詰めた後にもう一度形を整えたら完成だ。この作業はエリにも一緒にやってもらって、出来た分を食卓に運び、席についた。

いなり寿司だけでは少し物足りないので、簡単な惣菜も作って一緒に置いてある。

「これで良し。エリ、これが油揚げを使った料理の、いなり寿司だ」

エリは、自分で詰めたものをさりげなく自分の方に寄せていた。自分で作った物は自分で食べたいという気持ちは、まあ、わからなくもないが……それに、早く食べたいと目で訴えていた。

「それじゃあ、食べようか。手を合わせて」

「「いただきます」」

そう言った直後、エリはいなり寿司をひと口で食べた。幸せそうな顔になっている。ご飯のたびにいつも幸せそうな顔になっているが、今日は一段と幸せそうだ。それに耳と尻尾がせわしなく動いている。

そんなエリの顔を見た後、俺もいなり寿司を口にする。自分で一から作ったこともあって、ご飯がほろほろとほどよく崩れ、油揚げにも味がよく染み込んでいる。いい出来だ。

エリは既に三つ目に行こうとしている。これまた早いペースなものだな。それほど好物だったのだろう。

やはり、地球の知識はこの異世界でも有効らしい。まだエリにしか試してないが、今度獣人族と関わりがあったらもっと試したいものだな。

「おい、コラコラ待てエリ‼　食べすぎだ‼」

俺の分まで食べられそうになり、急いでいなり寿司を確保する。今度作る時はもっと多く作ろう。俺はそう決心した。

15

今日もお店は大繁盛。平和な日になりそうです。

そんな何気ない一日の、丁度お昼が終わってお客がまばらになってきた頃に、久しぶりにあの人が店に入ってきた。

「おーす。食べに来たぞ」

「あっ、ルイス。久しぶりだな」

国王騎士団の団長、ルイスだった。最近はこの店に来ておらず、ちょっと心配していたところだ。お客が少ないことを確認した俺は、エリに少し話をすると伝えて、ルイスと一緒のテーブルにつく。

「ずいぶん、繁盛しているようだな、何よりじゃないか」

「ありがとう。おかげさまで稼ぎはいいよ。ルイスは最近来なかったけど、忙しかったのか?」

「ああ、そのことなんだが……実はな……」

説明を聞くと、ルイスが毎日ここに食べに来ていた頃、その情報をどこで仕入れたのかルイスの奥さんが、何故か対抗心を燃やし始めたらしい。俺の店に行かせないようにするための対策として、お弁当を毎日作り始めたそうだ。

ここまでは良いのだ。愛妻弁当が食べられるというのは、夫として嬉しいニュースだ。

しかし、そのお弁当は最初、大変まずかったらしい。ルイスが苦虫を噛みつぶしたような顔をしながら語るため、そのまずさがこちらにも伝わってきた。

ルイスの家にはメイドとしての奴隷が二人おり、普段はそのメイドたちが料理をしていて、奥さんは一切作ったことがなかったみたいだ。そりゃそうなるわ。

その後、メイドたちが試行錯誤して奥さんに料理の作り方を教えて、ようやく食べられるようにはなってきたが、まだ味はいたって普通みたいだ。

「それは……ドンマイ?」

「慰めはいらないよ。別にいやじゃないから食べている。でも、時々本当に美味しかったと思える料理が食べたくなるだけだ」

「そうか……それで今日はお弁当は？」

「よくぞ、聞いてくれた。今日はお弁当は無い。初めてハルが寝坊したんだ」

ルイスの奥さんの名前はハルというらしい。初めて知った。てか、弁当が無くて嬉しそうだな。

「嬉しそうな顔をしてやがる」

「言ってくれるな、こんな時ぐらいしかこの店に来れないんだから」

そう言いながら、ルイスはテーブルに置いてあるメニューを開く。

「おお、初めの頃と違ってずいぶん増えたな。麻婆豆腐（マーボードウフ）にエビチリ。どれも聞いたことのない料理で美味しそうだ」

「今の一番人気はエビチリのサラダセットですね。主に女性に人気で、まろやかな辛さとプリップリッとしたエビの食感が美味しいと言っていただけています」

「エビチリか……それをいただいてもいいのだが……」

エリから説明を聞いたルイスが考え込む。メニューとにらめっこしているな。そんなに悩むところか？

「シン、一つだけ聞きたいのだが……」

「どうした？」

「初めてこの店に来た時のやり方は、まだあるのか？」

おお、なるほど。それなら悩まなくて済むな。

「あるよ」

「あるか……なら、決まりだな」

そう言ってルイスはメニューを閉じた。

「注文は、美味しいと思える料理で、シェフのおまかせ」

「了解。受け付けた」

俺は席を立ち、厨房に入った。

ルイスが言ったのは、お客様の話を聞いて作るスタイルのこと。

実はまだ、このやり方も残っている。最近忙しかったので断っていたが、こうして暇な時は受けることにしているのだ。

最近はそのやり方をお客様に伝えていないため、ルイスみたいな知る人ぞ知る頼み方となっていた。裏注文だな。

裏注文。なんか、やばいような感じが漂うが……それはそれでいいかと俺は納得した。

さて、厨房に入ったはいいのだが、何を作ろうか？

注文は、美味しいと思える料理。とにかく美味しいと思わせればいいのだが、これが中々難しかったりする。

カテゴリーが広くなるほど決めるのが難しくなるのは当たり前、美味しいという言葉もアバウトで、どこまでが美味しいと思えるのか、美味しくないと思えるのかは、その人次第となる。

そうなれば、対策としてはルイスの好みに合わせるのがいい。好きなものをうまくないと言う人はあまり見かけないだろう。

「さて、ルイスの好みは……」

肉だな。肉しかない。てか俺、ルイスの好み知らないじゃん。勝手に肉と決めつけたけど、大丈夫だろうか？　今更、好きなものはなんだ？　とか聞けないし……

やっぱり、肉が好きと仮定して、肉料理を作ることにする。後は米も好きだったな。肉料理でお米が合うもの。これでいくとしよう。大抵の肉料理ならお米と合うので、まずは肉料理だけに観点を置く。

肉料理、肉料理……肉料理とひと口に言っても、多くの種類があるものだ。豚に牛に鶏に、後は熊とかもある。

熊料理は省(はぶ)くとして、よく使われる三つの肉に絞る。豚は比較的世界中で食べられていて安い。牛は俺的には高級なイメージで、それを使う料理も少しリッチな感じがする。鶏も豚同様多くの人に食べられており、豚よりも淡白(たんぱく)な印象。こう考えると、肉でもちゃんと分けられるものだ。ニーズに合わせた使い方もあるだろう。

どの肉を使うのか迷いつつ、今現在の俺の店のメニューを確認する。オムレツ、シャリアピンステーキ、麻婆豆腐(マーボードウフ)、エビチリ。こう見ると、日本料理がないな。レストランなのであまりこだわっていないが、無いのも寂(さび)しい。

思ったなら即行動。日本料理を作ることとして、さらにその中でも肉料理。そうときたら、あれしかないな。

肉は鶏。そう、もうおわかりだろう。皆が大好きな唐揚(からあ)げである。日本の家庭料理としては定番中の定番だが、唐揚げはとても奥が深い。今では唐揚げ専門店が出来るほどである。

ここで少し余談だが、唐揚げは中華料理では？　と考える人もいるかもしれない。これについては様々な意見があるが、歴史をさかのぼると、唐揚げというのは江戸時代に中国から日本に伝来したものだ。その時の唐揚げというのは、豆腐を切って油で揚げてから醤油などで煮るというもので、今の唐揚げと比べると全然違う。

現在の唐揚げになったのは戦後日本。食料が足りなくなることがないように多くの養鶏場が作られ、美味しい鶏肉の食べ方がないかと探した結果、唐揚げに辿り着いたみたいだ。

だが中華料理にもチューリップという日本の唐揚げの骨付き版みたいなものがあるので、どちらが先かとかはわかりようもない。

まあ、別に法律で決まっているわけでもなく、ここはアバウトにいくとしよう。とりあえず、俺の中では日本料理の一種として出す。それだけの話だ。

さて、話がずれたが、唐揚げを作るとする。

まずはもも肉をひと口サイズに切る。小さく切りすぎると見た目が悪くなるので注意する。

味付けは、醤油・みりん・酒・生姜ににんにく、塩と胡椒。それと少しだけ砂糖を足す。これは自分で試行錯誤した上での味付けだ。参考まで。醤油、みりん、酒は大体2：1：1ぐらい。

肉とこの調味料をビニール袋に入れて軽くもみ、袋ごとボウルの中にしばらく置いておく。そうすることで、手を汚さずに作ることができ、尚且つ一定時間ごとに袋をひっくり返すだけで味を全体に馴染（なじ）ませることができる。こういった袋を使ったやり方は味付けをする際にはとても便利だ。

味が染みたら衣（ころも）つけだ。俺のやり方では、衣に卵を使わない。小麦粉と片栗粉だけを使う。小麦粉の量を多くして、片栗粉は小麦粉の量を超えない程度に入れる。片栗粉の方を入れすぎると、それは竜田揚げという別の料理になるので注意。

衣をつけたら後は揚げるだけ。油の温度は一八〇℃。箸を油に入れてみて、箸の表面に気泡みたいな泡が出たら丁度良い証拠だ。美味しく食べるなら二度揚げが好ましい。一度揚げて五分ぐらい置き、もう一度揚げる。そうすることで、外はカリッとして中はジューシーな唐揚げになる。

唐揚げから余分な油をきり、お皿に千切りキャベツと切ったレモンと一緒に載せたら完成。シンプルな味付けだが、美味しくて誰でも出来るレシピになっているはずだ。

ちょっと、摘み食い。うん、美味しい。馴染みのある味だ。エリも近くに来たのでひと口だけ食べさせると、「美味しいです」と言ってくれた。大丈夫だろう。

皿を持ってルイスのところへ。

「ほら、出来たぞ。注文通り、美味しいと思える料理だ。料理名は唐揚げ。食べてくれ」

ルイスの目の前に皿を置いて、俺も席に座る。

「おお、やっと出来たか。お腹が空いて死にそうだった」

「嘘をつくな。死にそうならそんな元気はないだろ」

「冗談ぐらい良いじゃないか。まだまだ、元気だぞ」

「わかってるから」

　大変元気であります。

　冗談はさておき。ルイスが出された料理を確認する。ご飯もちゃんと持ってきている。

　だが、ここにきて俺は少し違和感を覚える……そうか。

「ルイス。少し待っててくれ」

　席を立ち、厨房に戻る。日本人としてはこのままでは物足りない。主食があってご飯があったら、やっぱり汁物がないと。

　急ピッチで味噌汁を作って持っていく。一人分なんで手早く作ることが出来た。

「ルイス、待たせたな。味噌汁だ」

「味噌汁？　この匂い、確かに合いそうだ」

「早く食べないと冷めるぞ」

「それは困る。さっさと食べるか」

　唐揚げが出来てからずいぶん無駄な時間が経ってしまった。唐揚げは冷めても美味しいが、できれば温かいものを食べてほしい。そっちの方が断然(だんぜん)美味しいからな。

「それじゃあ、いただきます。こうするんだよな？　俺の部下が言っていたんだ」

　ルイスが手を合わせて、いただきます、と言う。ずいぶん広がっているみたいだな。良いことだ。

「早く食べろって」

「わかってる、わかっているから。合掌は大切と聞いて、そうしただけだから」

そう言いながら、ルイスは唐揚げを一個箸で掴み、ひと口で食べた。

「おお、外はカリッと中はジューシー。うまいな」

ルイスが食べた感想を漏らす。もちろん、これは二度揚げの効果だ。手間はかかるが、美味しさは断然変わる。

「尚且つ、これはご飯が進む進む」

かきこむようにご飯を口に入れる。唐揚げ二つぐらいで一杯目のご飯がなくなった。どんな食い方したらそうなるんだよ。

「おかわりだ」

「了解」

茶碗を渡されたので、ご飯をよそいに行く。いつの間にかこき使われていたが、俺も店の従業員なのでそれも当たり前か、と一人で納得した。

「はいよ」

「ありがとうな」

茶碗を受け取った後のルイスはひと言もしゃべらず、ガツガツと皿を平らげていく。俺は呆れ半分でその様子を見ていた。数分と経たず、全て食べ終わる。

「ごちそうさま、美味しかったぜ」

「そう言ってくれるなら良かった。でも、もう少しよく噛んで食べろよな」

「いや〜美味しかったからついな」

「……そうか」

そう返されると文句は言えないものだ。美味しかったなら良いじゃないか。そういう店なのだ。

食べ終えた食器を片付けた俺は、食後のコーヒーを出して雑談をする。

「シン、それでいつぐらいになりそうなんだ？」

「何のことだ？」

「エリとの結婚だよ」

「はあ!?」

突如、変なことを言われたので、思わず声を上げてしまった。周りに軽く謝る。

「ルイス、そんな予定なんてないぞ」

「そんな馬鹿な。あんなに背が伸びて綺麗になったんだぞ。それなのにまだ手を出してないのかよ」

「そりゃあ、可愛くなったのは認めるけど、それとこれは別だろ」

「はあー。ちょっとエリに同情するよ」

深いため息をつかれた。何だよ、悪いかよ。

「まあ、シンがとてもヘタレ野郎だということはわかったが、いい加減エリのことも考えてあげろよ」

「誰がヘタレ野郎だよ。でも、少しは考えておくよ」

別のテーブルで食器の片付けをしているエリを見る。本当に綺麗になったもんだ。エリは俺が見ていることに気づき、にっこりと笑った。これまた可愛い笑顔だ。

「あれだけ見せているのにな……」

「ん？　ルイス、何か言ったか？」

「いや、何も。それじゃあ、食べたことだし、俺はこの辺で出るわ。仕事が残っているしな」

窓から太陽の位置を確認したルイスは席から立ち上がった。この世界の人たちは太陽の位置を見るだけで、本当にある程度の時間がわかっている。俺は今でもさっぱりなので時計に頼っていた。別に良いじゃないか。

「おお、また来いよ。美味しい料理を食べさせてやる」

「弁当が無い時にまた来るぜ。それがいつになるかわからないけどな。楽しみにしておく」

そう言って、ルイスはお代を机の上に置いた。

「それじゃあ、またな」

「ありがとうございました」

ルイスが店から出て行った。何だかんだでルイスといるのは楽しくていいな。それじゃあ、俺もそろそろ片付けをしに行きますか。

こうして今日も一日が終わる。

16

モンフルヨーグルトがメニューに追加されてから、しばらく経った。

今日も店は忙しい。時刻は昼を過ぎて一四時くらい。今の俺たちは疲れがピークに達してきている。エリは笑顔を絶やさないが、その額からは汗が滴り落ちている。
一時くらいからピークに入り、そのままこの時間までお客様の列が途切れない。普通なら貴族の口にしか入らない米に、コーヒー、それに巷で噂のモンスターフルーツが食べられるとあって、人気が凄い。
これがもう三日間連続で続いているのだ。さすがの俺たちも疲れを感じてしまう。いくら、レベルが上がったおかげで体力的には問題なくとも、精神は削られる。それが今の状態だった。
はっきりと人員不足を痛感させられる。すぐにでも、といきたいが、良い人を採るためには少し時間がかかってもいい。でも、とりあえずはすぐ働ける人の確保を優先しなくてはいけないな。そのためにはまず今日を乗り切らねば。明日はやっと休みだ。

ガタッ。

誰もいなくなった机の上に突っ伏した。終わった。終わったぞ。もう何もやる気が起きない。夕飯を作る気力さえ残っていない。

カタッ。

目の前にコーヒーの入ったカップが置かれた。エリが自分の分を含めて二つ持ってきてくれたのだ。エリも疲れているだろうに、相変わらずニコニコしている。そのスレンダーな体のどこにそんな体力があるのだ。

「エリ……疲れていないか？」

「まだ、大丈夫です。ご主人様こそお疲れのようですが、大丈夫ですか？」

「俺のことは心配するな。自分の体調管理ぐらいはするよ」

「そうですね。もしお疲れになられましたら私に言ってくださいね」

「ありがとう、エリ。それで、人員補充をすることにした。さすがに今の状態が続くと体が持たなくなってしまう。働き手を増やそう。せめて、もう一人は増やさないと」

「私もその意見に賛成です。実は私もそのことを相談しようと思っていたのです。さすがの私もここ最近は疲れが出てきており、せめてあと一人いたらと思うことが多々ありました。何も異存はありません」

「そうか、それなら良かった」

エリが持ってきてくれたコーヒーをひと口飲む。何も入れないブラック。淹れ方次第で不味(まず)くも美味しくもなるが、エリのコーヒーは美味しい。この一週間で淹れ方を完璧にマスターしていた。

「ご主人様、それでどのようにして人員補充を？　私と同じ奴隷ですか？」

エリが心配そうに見てくる。違う奴隷を買うと自分が見捨てられるのでは、と心配なのだろう。

もちろん俺はそんなことしないし、今は奴隷を買うつもりもなかった。エリだけで充分なのだ。

「いや、今回は違う。ギルドで依頼を出すことにする。継続的な依頼だから受けてもらえるかわからないが、そうしようと思う」

つまり、冒険者を雇うのだ。地球でいうハローワーク的なことをギルドに依頼という形でお願いする。奴隷を買うよりか時間がかかると思うが、少しなら応募者も来ると思う。そう信じたい。

エリは俺の言葉に納得したのか何も言わなくなり、自分のコーヒーを飲み始めた。俺ももうひと口コーヒーを飲む。何もしゃべらない。それでもこの空間は何故か居心地がよかった。

次の朝。ギルドに一つの依頼が張り出された。

依頼のランクはF。内容は飲食店での接客。報酬はひと月で白銀貨一〇枚。働きによりプラスもあり。条件は、住み込みで週二日の休み以外はフルタイムで働くことになるため、冒険者として旅に出られなくなってもいいこと、女性であること、笑顔ができること。採用方法は面接のみ。

それはFランクとしては破格(はかく)の依頼だったのは間違いなかった。

俺は店で、面接に来る人を待っていた。

カチ、カチ、カチ。

時計の音だけが響く店内。中には今現在、俺とエリしかいない。会話も一切無く、ただコーヒーを飲む音が時々聞こえるだけだ。

はっきり言おう。夕方になっても、まだ誰一人面接に来ていなかった。確かに簡単に見つかるとは思っていなかったが、まさか、そのまさか。誰も来ないとは思っていなかった。

なんとも寂しいものだ。

やっぱりギルドに依頼を出したのは間違いだったのかもしれない。冒険者として生きていこうという人は、週二日休みのフルタイムで店の中で働くという考えなど持たないかもな。一日を無駄にした気分になる。

まあ、来ないなら仕方がない。来るまで待つだけである。しばらく張り出しておけばいずれ来るだろう。それまではエリと二人で頑張っていくしかない。

それにしても暇だ。何かしていないと落ち着かない。昨日まであれだけ動いていた反動だ。

もうすぐ夜になる。そろそろ夕飯でも作るとしよう。

「エリ、俺は夕飯を作ってくる。もし、面接を受けたい人が来たら呼んでくれ。まあ、この調子なら来ないと思うけどな」

「わかりました」

席から離れ、厨房に立つ。さて、何を作ろうか。時間もあることだし、少し凝った料理を作るとするか。

最近は肉料理が多かったから、今度は魚だ。魚と言ったら旬があるものだよな。季節によってうまい時とまずい時がある。最近暑くなってきているから、この世界も夏になっているのだろう。

カレンダーの類はこの世界には無いので、その辺はアバウトだ。一年は三六五日と決まっているのにアバウトでいいのかというと、問題ない。この世界では、一年経つと鐘が一〇回鳴る。庶民はそれを目安に一年を感じているのだ。だから鐘を鳴らす教会は、今日が何日目なのか正確にわかっている。

俺は一年の途中から来たので今がいつくらいなのかわからないが、そもそもこの世界の住民も、あまり日にちについて気にしていない。ルイス曰く、鐘が一〇回鳴ったら、もう一年経ったのか……と思うだけだそうだ。なんだよそれ。

季節の変化も、暑くなった、寒くなったと思うだけではあるものの、さすがに時期によって食べるものは変わる。そりゃそうだ、わざわざ夏に鍋とか食べていたらおかしいしな。

少し脱線（だっせん）したが、俺が言いたいことは、今は夏に近いということだ。夏の魚料理は沢山ある。今日はその中でも代表的な料理を作るとしよう。鮎（あゆ）の塩焼きだ。

鮎の塩焼きと聞いて思い浮かぶのは、焚（た）き火で焼くスタイルじゃないかな。少なくとも俺の中ではそうだ。

まあ、人それぞれのイメージの問題だけど、これはやっぱり串に刺して焼くせいではなかろうか。そして何より、そのままの姿で焼いて食べるので、下処理もない。だから、そんな野生的なイメージがついてしまうんだろう。

ただし、単に串に刺して焼くだけだから簡単だ、などと思うのは間違いだ。串の刺し方や塩の振り方など、注意しなくてはいけないことが沢山ある。一見簡単そうに思えても、料理というのは奥が深い。だから、面白いのだ。

さて、料理が決まれば準備を始める。普通のコンロでそのまま焼くのはさすがに厳しいものがあるので、ちょっとした工夫が必要になる。オーブンで焼くのもいいが、それじゃあ串に刺す意味が無くなってしまうし。まずは創造召喚で小道具を持ってきて、焼く場所を確保するところからだ。

用意したのは、高さが同じレンガ二つと鉄板、アルミ箔と棒を二本。

まず、コンロの上に鉄板を置く。これは焼いた時に垂れる脂がそのままコンロに入るのを防ぐためだ。鉄板の上にはアルミ箔を敷いて、その両端にレンガを一つずつ置く。その上にまたがるように棒を二つ載せたら、準備は完了となる。

あくまでもこれは家庭などでやる時のための簡単な一例で、作り方は様々。ちゃんとした店になると、串に刺した魚を焼く機械などもある。

それじゃあ、早速……と、その前に、付け合わせを作る。魚だけではいろいろ見栄えが悪い。

付け合せの作り方は簡単。ミョウガを甘酢に漬ける。以上だ。な、簡単だろ?

えっ？　簡単過ぎじゃないかって？　しょうがないなぁ。もう少し詳しく説明しよう。参考まで。

まずはミョウガを四等分に切る。その後、お湯の中に入れて色出しをする。そのままだと色が悪くなったりするから、これを必ずやること。

塩をかけて、うちわで扇いで冷ます。これはいなり寿司の時と同じだな。冷ました後は、水と甘酢を合わせた甘酢に付け込めば完成だ。できれば、水と酢は同量にするのをおすめする。

さて、これで付け合わせの準備も整ったことだし、鮎の方を作っていくことにしよう。

下処理は一切必要ないので、串を口から入れて尻尾に向けて刺していく。骨を縫(ぬ)うようにすることが重要だ。骨に沿ってしまわないよう、串を持っていない鮎を支えている方の手の人差し指と親指を使いながら、鮎の体をくねらせていく。

真横からの見た目をたとえるなら……y軸(じく)を上下する三角関数のグラフだろうか。余計わかりにくかったらすまない。

串を上手く刺すことができたら、添え串を刺す。一本だと安定しなくてひっくり返すことができないからだ。斜めから刺して、一番安定する角度を見つけよう。

次は準備したコンロで焼いていく。

おっと、その前に化粧塩を施す。化粧塩とは、尾びれ、背びれなど、ひれに塩をつけることだ。そうすることで焼き上がりが綺麗になる。名前の通り、魚にする化粧だ。

焼き方も人それぞれだが、俺の場合は盛り付けの時の状態を考えてから焼き始める。基本、魚というものは頭が左に来るように盛り付ける。そのため、まずは盛り付けた時に見える側から焼いて、それからひっくり返して逆側を焼き、そちらも焼けたらもう一度元の方を焼く、と三回に分ける。

もちろん焼いている最中に塩を振ることも忘れない。化粧塩はあくまでも見た目のためなので、味つけとしては別に必要になる。

この時、塩がダマにならないように尺塩というやり方で、一尺、つまり三〇センチほど離れた位置から塩を振る。振り方にも色々なやり方があるもんだ。

焼いていくうちに良い匂いがしてきた。いつの間にか夕方一八時を過ぎていて、お腹も空いてきた。鮎が焼けたらすぐに食べることにしよう。ご飯に合うので、隙を見て炊いておく。

焼け具合を見計らって鮎を火から離し、串を抜く。皿に鮎とミョウガを載せたら完成となる。我ながらいい出来だ。

「ご主人様……」

丁度良いところにエリがやってきた。料理を運んでもらうことにしよう。

「エリ、料理が出来たので運んでもらっていいかな。夜ご飯にしよう」

「はい、わかりました。その前にご主人様、面接を受けたいという人が来ました」

「面接？　……ああ、クエストのか」

料理を作っていたせいで忘れかけていた。反省、反省。

「それで、その面接に受けに来た人はどこにいる？」

「それがですね……その……」

エリの視線が俺の料理の方を見つめている。いや、正確に言えばその手前……

「うおっ‼」

エリが視線を向ける先では、一人の女性が机に顎を乗せながら出来たばかりの料理を見つめていた。突然登場してびっくりした。

「美味しそうだニャ」

女性がしゃべる。

語尾でわかると思うが、女性の頭の上にはピコピコと動く猫耳がついていた。

「……」

「……」

お互い見つめ合い、何も言葉を話さない。

「お……美味しそうだニャ」

この空気に耐えられなくなったのか、猫耳女性がもう一度そう言った。

「……」

俺はひと言も話さない。だが、心の中では大暴れしていた。

猫耳キター！！！！！！　やばいやばいやばい。俺は獣人族に好かれる体質なのか⁉　猫耳に狐耳。同時にモフりたい。言ったら触らせてくれるかな？　エリは大丈夫だと思うけど、猫耳女性はどうかな⁉　まさか、面接に猫耳が来るとは予想外だ。

少しは期待していたが、本当に来ると急には気持ちの整理がつかない。そのせいでひと言も話せていない。何か……何かしゃべらないと……

「ク……クエストの依頼を見て来たニャ。面接をしてほしいニャ」

そうだ。面接だ。この猫耳女性は面接をしに来たのだ。だったら、面接の質問をしゃべればいい。そうすればいいのだ。

それにしてもこの猫耳女性……スタイルが良い。スラッとしていて、出るところはちゃんと出ている。お尻には尻尾がユラユラと揺れている。さ……触りたい。

「尻尾……触っていいですか？」

「ニャ、ニャ‼」

猫耳女性は素早く尻尾を隠して遠ざかる。やばい、つい本音が出てきてしまった。

「今のは無しで」

そう言っても、猫耳女性は疑り深く俺を見つめる。

触りたいけど、今は我慢だ。ここでこの猫耳女性を採用したらいつでも触るチャンスはあるのだ。そうだ、今でなくてもいい。もう俺の中では採用しようと決まっていた。

「ご主人様。尻尾が触りたいなら私のを……」

どこで対抗心を燃やしたのか、エリがそんなことを言ってきた。言ったは良いが、顔が真っ赤だ。尻尾を触るというのは、人間でいうとどういったことに当たるんだろうか？　もしかしたら、責任とかとったりするのだろうか……いや、そんなことなら、簡単に触って良いとは言わないだろう。

俺はいつかエリの尻尾にも触りたいと思っていた。エリが触っても良いと言うなら、こんなチャンスは見逃せない。容赦（ようしゃ）なく触る。

「きゃッ……ん……んっ」

なんという心地よさだ。このふわふわ、枕にしたらどれだけ良いか……触るたびにエリはエロい声を出す……なんだかちょっと反省して、手を離す。

エリはもう顔中がすごく真っ赤になっている。ゆでダコ状態だ。顔の前で手を振るが、気絶していた。

「ニャニャニャ。ニャンていうことを……」

全部見ていた猫耳女性はそんなことを言っている。

気絶しているならしょうがない。尻尾は置いておいて猫耳のことを……違うな面接だ。

「それじゃあ、面接をするか」

「そんニャことよりいいのかニャ？　尻尾を触っておいて……人前でニャンて破廉恥だニャ」

「破廉恥？　今のが？」

「ニャニャ。もしかして知らなくて触ったのかニャ？」

「責任とか……とったりしなきゃダメ？」

「責任もニャにも。獣人族の尻尾を触るというのは、愛の告白を意味するニャ。それも結婚してくれと言うのと同じくらい強い告白ニャ」

「……」

　言葉が出ない。やっぱり意味があったのか。早合点したかも……

「しょうがないニャ。私が仲介役になってあげるニャ。目が覚めたら私が話をして時間を稼ぐから、それまでに気持ちの整理をするニャ。その代わり、この店で働かせてもらうニャ。それとその魚をもらうニャ」

　鮎の塩焼きによだれを垂らして猫耳女性は言う。上手く取引されているように感じる。

いや、完全に取引されている。

　でも、俺には確かに時間が必要だった。知らなかったとはいえ告白をしたんだ。ちゃんと気持ちを整理する必要がある。

取引に乗るか、乗らないか。もちろん乗る。元々採用する気だったし、鮎の塩焼きなんていつでも焼ける。いくらでも食べてくれ。

「乗った」

「そうかそれじゃあ、よろしくニャ。私の名前はルミというニャ」

ルミは気絶したエリを持ち上げて寝室に運ぶ。俺も手伝おうとしたが、その前に気持ちを整理しろと言われた。

俺はよく考えるために一度店から出て、街を歩くことにした。


——


カチ、カチ、カチ。

部屋の中で時計の音が響いています。私はゆっくり目を開けました。

ベッドで横になっています……起きた時はどうして？　と思いましたが、理由をすぐに思い出して、私は顔を真っ赤にさせました。

先ほど触られた尻尾を優しく撫でてみます。心地よい感じがして、何より幸せな気分になります。

「目が覚めたかなニャ？」

幸せな状態から一気に現実に引き戻されました。目の前で、面接に来ていた猫耳女性がニヤニヤしながらこちらを覗いていました。

「私の名前はルミというニャ。ここで働かせてもらえることになったニャ。よろしくニャ」

「こちらこそよろしくお願いします。私はエリといいます」

向こうから挨拶をしてきたので、こちらも挨拶を返しました。

面接は、私が気絶している間に終わったみたいですね。気絶している間の空白(くうはく)の時間が、私は気になりました。

「あの……ご主人様は？」

まず、一番気になったことを聞きました。辺りを見渡してもご主人様の姿は見えません。片付けでしょうか？

「店長なら店を出て行ってたニャ。考え事みたいだニャ」

ルミはすぐに答えてくれました。考え事？　何でしょうか？

ご主人様が悩んでいるところなど、あまり見たことがありません。時々、きつい時もありますが、いつも元気で楽しそうに仕事をしています。今日だって休みでしたが、それでもウキウキと料理を作っていました。

私はただ見ていただけですが、その様子だけは覚えています。それでしたら何故、このタイミングで……

考えた末、一つの回答に辿り着きました。

「もしかして……私のせい？」

もしご主人様が悩むとしたら、それしか思い当たることはありません。私が勝手な真似をしたのを怒っているのでしょうか？　もしかしたらご主人様は、獣人族の尻尾を触ることについて知らなかったのかもしれない。私は大変なことをしたと思いました。奴隷の分際でやってはいけないことをしたのかもしれません。

奴隷と主人は、確かに結婚もできます。しかし、それにはお互いが愛し合っているという最低条件があります。でも、私は……自分からご主人様に尻尾を触らせて、その上、全然知らない人を証人にして既成事実を作ろうとしていました。

でも、まだご主人様は元から尻尾の意味を知っていたかもしれない、という可能性もあります。ならば、とまずは気絶していた空白の時間について聞くことにします。

「私が気絶している間に何があったのか、教えてもらえますか？」

「いいニャ。詳しく説明するニャ」

ルミさんは丁寧に、私に気絶している間に交わされた話をしてくれました。私は全てを知ることになったのです。

「そうですか……やっぱりご主人様は知らなかった……」

全ての希望が消え失せた瞬間でした。私は、やってはいけないことをしました。あまりに軽率で何も言えません。勝手に強い対抗心を持って、自分から尻尾を出して誘ったのです。そのせいで今、こんな状態になっています。

外にいるご主人様は何を思っているのでしょうか？　尻尾を触った意味を知って、ご主人様は私になんと言うのでしょうか？

結婚する？　そんな答えが出てこないことはわかります。知らない状態で触ったのですから、その意志は無いということで無効でしょう。そうご主人様は言うはずです。その後は……私は奴隷としてまた売られて……

目から涙が溢れてきました。でも、これは報い……私に何が悲しいと言えるでしょうか？

「エリ？」

ルミは、私が涙を流しているのを見て、さりげなくハンカチを渡してくれました。私の目とルミの目が重なります。彼女の目はまっすぐ私を見ていていました。

「エリが今何を考えているのか、私にはすぐにわかるニャ。今の状態なら、同じ獣人族じゃなくても誰にだってわかってしまうニャ」

ただじっとルミの瞳を見つめ返します。視線を外すことはできません。

「でも、エリが知っている店長はそんな人かニャ？　今日あったばかりでも、私にはそんな人に見えなかったニャ。店長は真剣に考えているニャ。エリが信じてあげなくてどうするニャ」

ルミの言葉は心に響きました。

そうだ。私はご主人様の奴隷で、そして店のパートナーとして働いてきたのです。近くで見ていたからわかります。ご主人様はきっと私を捨てないだろう。そう信じたいです。

それでも……もしご主人様が捨てるというならば、覚悟を決めよう。どんな言葉だって受け止めることにしよう。

決心がついた私は、ただ静かにご主人様が帰ってくるのを待つことにしました。

それを見ていたルミはにっこりと微笑(ほほえ)んで、そのまま隠れるようにして気配を消しました。この出来事の結末を見守るために……

ガチャリッ。

やがて、扉が開いた音が聞こえました。私は急いでそちらに向かいます。

「ご主人様……私……ごめんなさい」

扉の前で頭を下げながら謝ります。ご主人様の顔を見る勇気はありません。

何秒経ちましたでしょうか。ご主人様は何もしゃべりません。気配が近づいて来たのだけはわかりました。

「あの……ご主人様……えっ？」

私が顔を上げると、そこにいたのは顔を隠した男性でした。その男性がニヤリと笑ったような気がした直後、私の意識は途絶(とだ)えました。

17

店から出た俺は、しばらくの間店の近くを歩いた。外は既に夜になっていて、空一面に星が輝いている。

街は魔鉱石の明かりで照らされている。

魔鉱石とは、洞窟の中で採れる石で、一年中光り続ける。ただし、洞窟みたいな暗いところでないと光らない。その性質を利用したのがこの明かりだな。

太陽が出ている間は光らず、暗くなったら自動的に明るくなる。これほど便利な物はない。沢山は採れないが、この世界にはいわゆる錬金術士という類の魔法使いがいるらしく、彼らのおかげで今では量産が可能になっているそうだ。

そんな明かりに照らされた街を、俺はただブラブラしている。今は何も考えていない。考えようとしていない。少し心が落ち着くのを待っているのだ。こうやって思っている時点で考えているのだが、それでも考えていないと言っておこう。

いつの間にかギルドの前まで歩いてきていた。ギルドは一年中二四時間休みなく開いているため、外に明かりが漏れている。中から冒険者の声が聞こえてくる。きっと飲みながら何か話しているのだろう。夜はそういったことしかすることがない。今の時間からクエストを受けるのはよほどの物好きだ。

ギルドを通り過ぎ、少し自分の店からも遠ざかる。ここで俺はやっと考え始めた。

俺がやったことは、面白半分でやってはいけないことだった。結婚というのは人生で一番重要なことだ。もし結婚するのなら、もっとちゃんとしたプロポーズやらなんやらをしたかった。

やったことを今更後悔しても何も返ってはこない。それは知っている。知っていても後悔は抜けきらないものだ。

人は後悔して成長する。どこかでそういった話を聞いたことがある。じゃあ、今俺は成長しているのだろうか？　いや、逆に退化(たいか)しているのかもしれない。

成長といえば、エリは物凄(ものすご)く成長した。奴隷として出会って買った時は、まだ中学生並みの身長で幼さがあった。そう、ロリだった。でも、今では進化してすっかり大人の女性になった。正確に言えばエロくなった。そのせいで娘として見られなくなり（元々娘ではなかったが）、女性として見るようになってしまった。

夜のことも積極的になり始めて、毎回逃げるのが大変になっている。エリの気持ちは俺ももう充分わかっているつもりだ。最初は奴隷としてそうしようとしているのかと思っていたが、今ではそんなつもりではないと、俺は気づいている。

気づいているからこそ、俺は避けている。これは俺の気持ちが整理できていなかったからというのと、やっぱり今の状態が気に入っているからなのだろう。どこかで、一度一線を越えてしまうと今の関係が崩れるのではないかと心配だった。そんなことになるはずはないと思っていても、頭の隅には残ってしまう。

今のように、エリと二人で働くのは楽しい。今回の一件で三人になるが、そのままの状態で楽しく店を営業したかった。

だがそれも終わりだ。逃げることもできない、無視することもできない。だから俺は自分の気持ちを考えるのだ。

料理を食べるエリは楽しそうで、いつも俺に笑顔を向ける。俺のことを慕ってくれているし、さりげない気遣いも出来るし、何より可愛い。

完璧だな。エリを嫁にもらう人は幸せだろう。

それが俺でいいのだろうか？　俺は平凡で料理しかできない。まあ、エリのおかげで多少は戦えるようになったが、まだまだ修業中だ。

それに俺は地球人で人間だ。人間と獣人族が結婚するのは許されるのだろうか。俺はこの世界に疎くてわからない。

もしもだ。もしもエリが、俺以外に好きになった人が出来たから奴隷から解放してほしい、と言ったら、俺はどうするだろうか？　奴隷としてそのままおいておくのか？　奴隷から解放して手放すのか？

「……」

きっと俺は、彼女を奴隷としておいたままにするだろう。それは、エリは俺がお金を出して買ったから、とかそういった理由ではない。俺はエリのことが好きだからだ。好きだから手放せないだろう。

案外、答えはシンプルだ。こうやって考えたらすぐに答えは出た。

ああ、俺はエリのことが好きだったのか……いつからだったのかな……思い出そうとしても思い出せない。恋というのはそういうものなのだろう。いつの間にか好きになっている。

正直、恋愛をしたことがなかった俺にはわからなかった。でも、今の気持ちは忘れない。この気持ちをエリに伝えれば、事が終わるだろう。

創造召喚で、ある物を召喚する。それは、俺が将来いつか使うために買っておいた物。実家の部屋に保管しておいた物だ。それをポケットに入れた。

俺はいつの間にか店の前に着いていた。店の方とは逆に歩いていたはずなのに、いつからか引き返していたようだ。この気持ちが俺をそう歩かせたのだろう。

カラン、コロン。

店の中に入る。扉を開けた時のいつもの鈴の音が店内に響く。

中に入った俺は、すぐに何かにぶつかった。暗くて見えづらかったが、人型のシルエットだ。

「エリか？」

「店長……かニャ」

ぶつかったのは、エリではなくルミだった。暗かった店内に丁度月明かりが差し込んで照らした。

そこで俺は目を見開いた。

ルミはボロボロだった。体中に傷が沢山ついており、立っているのがやっとだった。

「おいルミ。これは……」

「ごめんなさいニャ。私が……私が弱かったから……ニャ」

嫌な予感がする。こういった時は大体当たる。ここまできたら、ある程度はもう想像がついてしまった。

「エリが……エリがさらわれてしまったニャ」

ルミの目から涙がこぼれ落ちた。

ルミの言葉を聞いて、俺はいてもたってもいられずに店から飛び出した。怪我しているルミをほっといて良かったかといえば、本来ならダメだ。しかし、今はそんなことを考えている余裕は無かった。

何がチートだ。人ひとり探すことができないチートなんか必要ない。自分が自惚れていたことがよくわかる。自分が強くなっても、エリが強くなったわけではない。どんなに身体強化ができても、どんなに殺気を飛ばすことができても、そばにいなければ意味が無い。守ることはできないのだ。

飛び出したはいいものの、今、エリがどこにいるのかもわからない。探すことができない。こんな時、こんな時はどうすれば良いのか……

いや、確かこの前、ギルドで聞いたはずだ。誘拐を働く盗賊がいるという話を。

俺は自分が出せる限界の速度で走る。走る、走る、走る‼　身体強化に限界まで力を使い、出せる限りの最速でギルドに向かう。本来なら一〇分かかるところ、ものの一分で着いた。本気を出せばこんなことだって簡単にできる。

勢いよく扉を開ける。そのせいで大きな音を立ててしまい、ギルドの中が静かになった。楽しく飲んでいた冒険者が俺を見て怪訝な顔をしたが、俺から殺気が漏れていたのか誰も注意をしない。

圧倒的な力。漏れている分の殺気だけで、誰しもそれを感じているのだろう。ギルド内が静寂に包まれる。

今は夜だ。カオルさんがいるのか心配だったが、それは杞憂に終わった。カオルさんは片付けを始めていたものの、まだギルドの中にいた。

「カオルさん‼」

名前を呼んで、急ぎ足でそちらに向かう。ギルドの中は未だに静寂が支配している。全員が俺に目を向けていた。もちろんカオルさんも例外ではない。俺が来たことを彼女も把握していた。

「どうしたんですか？　シンさん？」

俺の表情、そして殺気を感じ取って、初めから真剣な顔で聞いてくる。

「エリが……エリがさらわれました」

言葉にしただけで、より一層殺気が強くなった。もはや、コントロールができていない。とても不安定な状態だ。

間近で殺気を浴びているカオルさんはとても辛そうな顔をするが、俺はそれさえ気にすることができなかった。

「エリがさらわれた……もしかして……」

「心当たりがあるんですね。盗賊団について」

「それは……」

カオルさんはそのまま黙った。言っていいのか迷っているようだ。

「カオルさん‼」

「おいおい、これは何の騒ぎだ？」

俺がカオルさんにつめ寄ろうとしたその時、奥からスキンヘッドのいかついおっさんが出てきた。

オーラからして、只者ではないことがすぐにわかる。そのおっさんは俺の前で足を止めた。

「この騒ぎは小僧が原因か？」

イラついていた俺は、おっさんに向けて思いっきり殺気を放つ。しかし、少し眉をひそめただけで、その表情はあまり変わらなかった。

「中々の殺気だな。しかし、今の心のありようでは力が霧散しているから耐えられないこともない。少しは落ち着いたらどうだ」

言われたことは正確だった。少し頭に血が昇りすぎていた、時間がないと強く思いこんで、余裕が無かったようだ。こんな時こそ落ち着かないといけないのに。

一つ、大きな深呼吸をする。一旦心を落ち着かせた。

「どうやら、落ち着いたようだな。カオル、説明してくれ」

「わかりました、ギルドマスター」

ギルドマスターと呼んだスキンヘッドのおっさんに、カオルさんは事情を告げる。そして、盗賊団のくだりでまたもや言い淀んだ。

「なるほどな。それでこの小僧は殺気を振りまいていたわけか」

「小僧じゃない、シンだ」

「シンか。どこかで聞いたような……ああ、思い出した、例の『ルーキー』か」

Eランクから一気にBランクに上がった新人、「ルーキー」。どうやら俺はギルド内でそう呼ばれているらしい。

「Bランクか……なら、丁度良い。ついてこい」

ギルドマスターが奥に入っていく。ちらりと見ると、カオルさんは一緒に行くようにと頷いた。

こんなことをしてる時間が勿体ない。早く助けに行きたい気持ちを抑えて、俺はギルドマスターについていく。

――――

シンがいなくなったギルド内は、嵐が過ぎ去ったかのような平穏に包まれていた。

この時、ギルド内にいた冒険者たちは、後にこの日のことを、こう呼んだ。

〝鬼人の料理人の襲来〟

ただの料理人であるはずの人が、鬼のように襲来した日。そこにいなかった者は誰しも信じられないと言ったが、見た者は皆それを認めるので、それは本当にあったのだと伝えられた。

ギルドの奥に入っていったシンは、この日がそう呼ばれることなど、知る由(よし)もない。

18

ギルドマスターの後を追った俺は、一つの部屋に入った。部屋には一つのテーブルがあり、その横に向かい合う形で椅子が置かれている。ギルドマスターは奥の席に座った。

「まずは座れ」

ドアの近くで立っていた俺に、ギルドマスターはそう告げる。それに従って、俺も椅子に座った。

「まずは自己紹介といこうか。ここのギルドでギルドマスターを任されている、ルドルフだ」

「シンだ」

短く自己紹介する。ルドルフは少し怪訝な顔をしたが、すぐ元に戻る。

「そうカリカリするな。助けたい気持ちで焦るのはわかるが、冷静にならないと解決しない時だってある。それにここに呼んだのは、ルーキーにとっては悪い話ではない」

ルドルフはスッと机に一枚の紙を置いた。

「近頃噂になっている盗賊団の情報だ。今さっき届いた」

俺はすぐにその紙をとって確認しようとしたが、その前にルドルフが再度紙をとって阻止する。

「本アジトまで調べることはできなかったが、仮アジトならわかっている。一度さらった人たちは、まず仮アジトの方に運ぶみたいだから、そこにルーキーが探している嬢ちゃんがいるかもしれない」

紙をひらひらさせてルドルフは言う。俺は内心イライラするも、ここは我慢。

「そこで相談だ」

相談。何も無しにこの情報をくれるわけもない。俺はそれを待った。

「俺たちギルドは、この情報をお前に提供する。その代わりにお前は依頼として仮アジトに行き、盗賊団を無力化してもらいたい。殺しても構わない。受けてくれるならこの情報を見せよう」

盗賊団の無力化。それなら大丈夫だ。今では俺の実力は普通の冒険者とは比べものにならないくらい強くなっている。技術は無いが、力とスピードだけなら誰にも負けない自信があった。

　しかし、ふと疑問に感じた。

「それはいいが……どうしてギルドマスター自身が行かない？　俺よりもあんたの方が強いだろ？」

　嫌でもわかる。ルドルフが只者ではないことが。

　いくら俺が力とスピードが強くても、勝てるはずがないと思わせる。そんな雰囲気が出ている。

「それには色々な理由があるが、一番の理由は俺が動くと、スキルの関係上、街を壊してしまうんだわ。それと今現在、ルーキー以外のBランク以上はこの街から出払っていて一人もいないんだ」

　街を壊すというのはどういった形で壊すのか知りたくなったが、とりあえず納得した。

　噂では、相手はBランク相当の実力があると言われていた。それなら俺に白羽（しらは）の矢が立ってもおかしくはない。

「どうする？　受けるか？　受けないか？」

　ルドルフが答えを聞く。そんなの決まっている。

「受ける。教えてくれ」

「わかった。受け取れ」

ルドルフが情報の書かれた紙を差し出してきた。俺はすぐにその紙を受け取る。

構成員、人数、仮アジトの場所。全体に目を通して気になる点があったが、とりあえず仮アジトの場所を確認した。

幸いにもここからそう遠くはない。全力で行けばすぐだろう。

「おい、ルーキー。殺気が漏れているぞ、抑えやがれ」

どうやら、無自覚に殺気が漏れていたようだ。心を落ち着かせて殺気を無くす。

「ルーキー。依頼の条件を再度確認する。依頼の内容は、盗賊団の無力化。別に殺しても構わない。それと、できれば、街をあまり破壊しないように動いてもらいたい」

「アジトなら破壊しても大丈夫か？」

「それは構わん。他はなるべく避けてくれよ。俺が行くのと同じならお前に頼まないからな」

「わかった」

「報酬だが……」

「それはいらない。情報だけで充分だ。俺はエリが助かればそれでいい」

そんな話はどうでもいい。俺はすぐにでも仮アジトに行きたいのだ。ルドルフをにらみつける。

「わかった。報酬の話は後にしよう。それじゃあ、くれぐれも気をつけろよ。相手は人さらいを生業にしているが、当たり前のように殺しもする盗賊だ。油断するなよ」

「わかった」

俺はそう言って飛び出した。

待っていてくれ、エリ。俺がすぐに助けるから。

俺は静かになった街を全力で走った。

「ははぁ。余裕だったな」

暗い部屋の奥から男性の声が聞こえてきます。

私の手には鎖がつけられており、動くことができません。鎖には特別な細工がされており、魔法も発動できないようにされているみたいです。

今、私にできることは何一つありませんでした。やれることと言ったら、奥から聞こえてくる声に聞き耳を立てるだけ。

「ボス。案外上手くいきましたね」

「当たり前だ。俺たちはBランクの冒険者に負けない力があるんだぞ。それにあらかじめ、狐族の方はCランクの力しかないということを調べ済みだったからな」

「それもそうっすね」

私をさらったことを言っているのでしょう。

いつの間に調べられたのか、私にCランクの力しかないことを知っていたようです。この情報はあまり知られていないのに、いったいどうやって。

「一番気をつけなくてはいけないのはあの店の主人だな。あれは怪物だ。近くで見たが、かないっこねえ」

「そんなにですか？」

「ああ、あれに見つかったら終わる可能性がある。しかし、見つかった時の対策も一応あるがな」

ボスと思われる人物はご主人様の実力をよく知っているようです。そして対策があるから、私の誘拐を実行した。

どうにかしないと。そう思い、身体強化をかけて鎖を引きちぎろうとします。しかし鎖にかかった呪文のせいで魔法が安定せず、上手く力を出すことができません。

また……戻るのでしょうか。もう奴隷の日々は辛すぎる。誰にも愛されない、愛することもできない奴隷は、私は嫌です。今も奴隷ですが……ご主人様が私をそういった目で見たことは一度もありません。

だから、決めたのです。私は一生ご主人様とともに過ごすことを。それが妻としてであれば何より幸せです。いえ、今のメイドのままでも良い。ただ……そばにいたい。

目から涙が溢れてきました。それさえかなわないと思うと、自然にそうなっていました。

「ご主人様……」

「ご主人様は来ないぜ。へへ」

いつの間に近寄っていたのか、部屋の奥にいた男性がそばにいました。小柄で、手をぶらぶらさせているこの子分の方は、予測不能な攻撃を仕掛ける戦い方が得意。奥にはボスと思われる人物もいます。今始めてその姿をはっきりと見て、私は目を見開きました。

「どうして……あなたが……」

「さて、どうしてかな？　ただの偶然かな？」

そこには、以前馬車に乗せてくれた眼帯のおじさんがいました。

そして私は悟りました。あの時の馬車の荷台に、何が乗っていたのかを。

「もしかして……あなた‼」

「木を隠すのは森の中と言うだろう？　なら、人を隠すなら街の中だ」

「外道が!!」

私は叫びました。あの馬車には、誘拐された人たちが乗っていたのです。

「おい、痛めつけていいぞ。見えない部分だけにしろよ」

ボスがそう言うと、子分が私に近づいてきます。

「許可も出たところで、少し痛いけど我慢しろよ」

「いや！！！」

私の腕を子分が握ります。その手にはいつの間にか鞭が握られています。打たれる!!

ドカン！！！！！！！！！

その時、大きな音を立てて扉が……いえ、元々壁だった場所が消し飛びました。粉塵が部屋全体に充満していきます。

「なんだ!?　何が起こったんだ？」

騒ぎ立てる子分の隣で、真剣な顔つきのボスは粉塵の先をにらんでいました。

すると、粉塵が晴れる前に、こちらに向かって強い殺気が飛んできました。途端に子分は騒ぐのをやめて動かなくなります。

粉塵が晴れていきます。誰がそこにいるのか、私にはもうこの殺気でわかっていました。

「おい、お前ら……覚悟は出来ているんだよな……」

どんどん晴れてきた粉塵の中に、彼のシルエットが見えます。

「これ以上エリに近寄るな……俺の妻に手を出すな!!」

「ご主人様!!」

そこには、いつも私のそばにいてくれて、私の大好きなご主人様がいました。

19

俺は自分に出せる全開の身体強化を足だけに集中させて、迷いなく移動していた。家と家を飛び越えて、はたから見れば忍者みたいな動きになっていただろう。

ものの数分で、ギルドマスターからもらった紙に書かれていた場所に着いた。

外から見ればただの家だった。どこにでもある、煉瓦(れんが)で造られた家で、周りと何ら変わりない。周りに溶け込んでいると言ったらいいだろう。

普通だからこそ、アジトにできる。アジトと言ったら暗い裏通りにあるのが定番だが、もちろん探す方だってまずは怪しいところから当たっていく。この相手はそれをわかっていて、抜かりなくちゃんと隠し通そうとしている。

まあ、ギルドに見つかった時点で仮アジトとしては使い物になっていない。ギルドにしてもまだ手を出さずそのままにしていたのが、今はありがたかった。

律儀（りちぎ）にドアから入るといった選択肢は今の俺には無い。

思いっきり手に力を込めて扉を飛ばした。力が強すぎたようだ。粉塵が舞って中が見えなくなってしまった。

だが、奥に三人いるのは魔力を感じてわかる。一人はエリの魔力。もう二人はエリをさらった奴らだろう。

魔力を感じてわかったが、どうやら一人はBランク以上の力を持っているようだ。少し気を引き締める。

ゆっくり、一歩。また、一歩と進む。そのたびに相手に殺気を送り込む。

戦いになることはあらかじめわかっている。俺には言いたいことがあるんだ。

「おい、お前ら……覚悟は出来ているんだよな……」

都合よく煙（けむり）が消えていく。相手の顔が見えるようになってきた。

一人は小柄な男性、子分だな。もう一人は左目に眼帯をつけている。こちらがボスだ。

ボスの姿を確認して、やはりそうかと思った。

情報の紙に、構成員の特徴が書かれている欄があった。既にそこで、眼帯をつけている
という情報を見つけていた。その時に、何故エリが誘拐されたのかがわかってしまった。
さらに、あの時の馬車の音についてもわかった。
絶対に許せない。エリは奴らの後ろで鎖につながれて、俺のことを涙目で見ていた。
「これ以上エリに近寄るな……俺の妻に手を出すな‼」
「ご主人様‼」
エリが叫ぶ。それと同時に相手が攻撃を仕掛けてきた。
子分が素早く俺の懐(ふところ)に潜(もぐ)り込む。速い。スピード重視の攻撃スタイルか。手には小型の
ナイフを握っており、その刃には液体が塗られていた。
俺の殺気を受けてこの動き。さすがだと思う。しかし、誰もこっちが本気だとは言って
はいない。
殺気のレベルを上げる。さっき放っていたのは大体レベル3ぐらい。これでもほとんど
の冒険者が動けなくなるレベルだ。弱ければ気絶する。さっきのギルドでもこのレベルの
殺気を放っていた。だが、これでは足りなかったようだ。
相手は問題なく動くことができていた。打ち消したと見るべきか。相手は殺気ではなく
威圧を使ったのだろう。

それでも限度はある。一つ飛ばしてレベル5まで威力を上げた。

そもそも、最初からレベルをマックスまで上げればいいじゃないかというところだが、それはできない。一度、試してみたのだが、飛ばすコントロールもできず、セーブすることもままならない。挙句の果てに周りに大変な迷惑をかけてしまった。

また、最大まで上げると俺の体にも少し影響が出た。体がしびれる感覚があったのだ。どうしてそのようなことになったのかは不明だが、わからないのに無理して使うものではない、とエリから言われた。

使っていい限度はレベル6まで。俺とエリは話し合ってそう決めていた。

だから、今の殺気は俺が出して良い最大のレベルの一つ下にしてある。これで止まらなかったら、身体強化した体でどうにかするしかない。

ピタリと小柄の男性が動かなくなった。ナイフはぎりぎり俺の体に当たる前で止まっている。残り数センチだ。手ががたがたと恐怖に震えている。

少し安堵(あんど)する。この状態になったら後は簡単だ。人差し指で頭を小突(こづ)くだけで相手は倒れ、心が折れる。

相手は震えたまま、もう何もしてこない。残りは眼帯のおっさんだけだ。

「どうして、こんなことをしている。俺はおっさんのことは良い奴だと思っていたのに」

「ふん、良い奴か。それは見当違いだな。お前の目が節穴だったということだ」

俺はおっさんの方を見る。

俺はそこで違和感を覚えた。どうして、今までおっさんは動かなかったのか？　子分が動けるのにおっさんが動けないはずはない。

おっさんは俺の殺気を受けても平然と……そう、何も無かったかのように立っていた。

「残念だったな。このぐらいならぎりぎり俺の威圧で耐えられるレベルだ。Aランクの冒険者でも辛い殺気だが、俺は特別でな。威圧の量が多いんだわ。しかし、それでも全力で威圧を放ってやっと相殺できるレベルだ。まだ上があるような気がして、こちらにしてみれば怖い。だがな、力を残しているから隙が生まれる。俺と話をする時間を設けたのが間違いだったな‼」

おっさんが左目につけていた眼帯を外した。

そこには真っ黒な目があり、こちらを見ていた。

そして……世界が一瞬にして切り替わった。

突如、ご主人様が動かなくなりました。

指一本動きませんが、呼吸はしているので死んではいないと思います。

さっきまでは優勢(ゆうせい)でした。小柄の男性を倒し、後は眼帯の男だけとなりました。

なのに、今のご主人様は動かない。

「あのおじさんの目を見てから……」

眼帯の下にあったのは、真っ黒な目でした。

全てを呑み込みそうな漆黒(しっこく)。異常な目がそこにありました。

「何をした、って顔をしているな……まあ、時間はあることだし教えてあげよう」

眼帯をつけ直しておじさんは言います。

その真っ黒な目では、一度も私を見ていません。まるで見ないようにしていたかのようです。

「俺の目は魔眼(まがん)で出来ているんだ」

魔眼は、目に宿(やど)すスキルの一種です。その効果は様々。相手のステータスを覗ける魔眼もあれば、未来を少しだけ予測することができる魔眼もあります。

その便利さから多くの人が欲しがっていますが、魔眼はどのようにすれば手に入れることができるのか、まだ解明されていません。遺伝の問題とも言われていますが、魔眼を持たない親から生まれたり、また成人してから魔眼が手に入ったりなど、規則性もないようです。

数が少ないからこそ、魔眼持ちは大切にされます。また、一人いるだけでパーティーの強さが変わるともされ、畏れられています。

さらに言えば、魔眼のスキルは他のスキルより失敗が少ないとされています。そして威圧の能力まで強くなるそうです。

「効果は、俺が見たものを幻惑にかける能力。時間制限はない。永久的に幻を見せ続けることができる魔眼だ。しかし、解く方法はある。今のお前は何もできないだろうから、特別にその方法を教えてあげよう。そうそう、あの時も幻惑をかけて荷物を黙らせたんだぞ」

おじさんはにやりと笑いました。あの時、とは馬車に乗せてくれた時のことでしょう。

おじさんの余裕の表情。もう勝負はついた、そう確信しているような顔でした。

確かに、今の私は何もすることができません。せめてこの鎖を壊せれば、状況は変わるかもしれないのに。

「幻惑の魔法を解くには二つの方法がある。一つは、定番だが周りから解除の魔法をかけてもらうこと」

解除の魔法は、多くの僧侶が持っている魔法です。ただし、早くても三分はかかるでしょう。その時間を稼がなくてはいけません。

たとえ私が解除の魔法を覚えていたとしても、今の状態ではそれだけの時間を稼ぐのも無理なことです。鎖がつながったままだったら、そもそも魔法を発動することさえできないですし。

「もう一つはまあ、ありえないことだが、自力で抜け出すことだ」

これはどんな状況にも呑まれない鋼の精神が必要です。幻惑の魔法は、肉体ではなく精神を攻撃しています。精神がダメージを負うと、肉体にはダメージが無くとも素早く動けなくなったりしてしまうのです。

「俺の幻惑は、相手の心にある願望を映し出す。今頃きっと、お前のご主人様は今まで通りの生活をしている夢を見ていると思うぜ」

「ご主人様……」

うつろな目で、ご主人様は立っています。意識が途切れ、身体強化もしていない無防備な生身の体。剣で斬られたらすぐに死ぬでしょう。

私はなんて弱いのでしょう。ご主人様には助けてもらってばかりです。こんな時さえ何もできないなんて。本当に嫌になります。それでも、そんな私のためにご主人様は来てくれました。今度は私が動く番です。

「ご主人様‼　夢から覚めてください‼」

今できることを、私は最大限やってみます。

「無駄だ。こちらの声は聞こえない。どう頑張っても意味は無い」

「ご主人様‼」

「うるさいぞ……だから、聞こえないって言っているだろ」

「ご主人様‼」

「あきらめが悪いな……こいつみたいに殺すぞ」

おじさんはいきなり子分の首を切りました。子分は座り込んだまま動かなかったので、一瞬の出来事でした。

私の目の前に子分の頭が転がってきます。私は恐怖で何も言えなくなってしまいました。

「やっと静かになったな……さて、もうここには用がない。ギルドにもバレているようだし、さっさとこいつを殺して、お前を奴隷として売りにいくか。まったくめんどくさくなったぜ」

おじさんは剣を振って血を飛ばし、ご主人様に近づいていきます。

声を出そうにも、喉に何かつっかえているように言葉が出ていきません。

私は弱虫です。ご主人様が今にも死のうとしているのに、それを遠くで見ていることしかできない、恐くて何もできない、ただの弱虫です。それなのに図々しく結婚しようと考えていたなんて。

これは私への罰なのでしょうか。今まで通りに過ごしていたら、こんなことにはならなかったのでしょうか。

「ご主人様!! ご主人様!! ご主人様!!」

やっと出た言葉もご主人様には届きません。おじさんさえ振り向きもしないままです。時間稼ぎにもならないなんて。目からどんどん涙が溢れてきます。

こんなところで……こんなところで……私のせいで……私の好きな人が死ぬなんて……奇跡が起きてくれるのを待つしかないなんて。

そして……

「死ね!!」

眼帯の男の剣が、ご主人様に向かって振り下ろされました。

暗い海の底に沈んでいく感覚……どこまで続くのかわからない。ただ、赴くままに沈んでいく。

俺は今さっきまで何かをしていたはずなんだ。そう、とても重要なことを忘れたような気がして落ち着かない。沈んでいくたびにそのことさえどうでもよくなっていくため、尚更怖くなってくる。

ここはいったいどこなんだ。ひと筋の光さえ無い真っ暗な空間。俺は下に下に沈んでいく。

どこまでも沈んで行って、やがて足がついた。底についたということか。

とりあえず、適当に歩いてみる。

三六〇度全て同じ景色なため、どこに向かって歩こうが関係ない。方向感覚もマヒしていく。何か明かりになるものと持ち物を確認したが、何も無い。

暗い中をただひたすら歩く。何か明かりが見えてきたらいいのに。この状態が続くと狂いそうだ。

人間は日に当たらないままだと、あまり生きられないと聞いたことがある。日に当たらないことが、光が無いことが、こんなにも切なく孤独なのかと初めてわかった。

エリが奴隷だった時の気持ちがわかったような気がした。そうだ。エリはどうしたのだ。

エリもここに来ているのだろうか？

「エリ‼」

一応確認してみる。叫ぶと俺の言葉が辺りに響きわたる。いたら何かしら反応してくると思うが、何も無かった。つまり、エリはここにはいないということだろう。

あれ？　俺はここに来る前は何をしていたのだろうか。何もかも忘れてきている。確か……今日は仕事……そうだったかな？　仕事はしていたか？　営業の日だったのか？

ますます混乱していく。何をしていたのかさえ忘れるなんて、これは大変なことだ。せめて光があれば少しは考えることができると思うが……

ふと、上を見上げると、光の玉が落ちてきた。ゆっくりと静かに降りてくる。その光の玉にはかすかに魔力があることに気がついた。

手の届くところまで来たら、指の先で光の玉に触れてみた。

触れた瞬間に景色が一気に変わる。暗闇が晴れていくように明るくなっていく。そして暗闇が全部なくなった時には、俺は自分の店にいた。

「ご主人様。オムレツ、シャリアピンステーキを一つずつお願いします」

「……」

「ご主人様？」

「いや、なんでもない」

いったい何が起きているのだ。さっきの場所は何だったのだ。どうして俺は仕事をしている。仕事をしながら寝ていたということなのだろうか。

文句を言ってもしょうがない。普通に、今までと同じように、料理を作り始める。

「はい、オムレツとシャリアピンステーキ」

「ありがとうございます。すぐに運びます」

エリが料理を持っていく。

カランッ、カラン。

スズヤさんが店に入ってきた。

「スズヤさん。どうしたんですか?」

「また、食べに来ちゃった。常連客になっちゃいそうです」

「それはありがたいです。ぜひともそうなってください」

カランッ、カラン。

「おお、シン。また来たぜ」

「ルイスじゃないか。また奥さんは寝坊かい?」

「いや~、また寝坊だわ。この前、ここに来たことがバレてしまってより一層対抗意識が高まったのか、料理の勉強を夜遅くまでしているみたいなんだ」

「そうなのか。それなら寝坊してもしょうがないですね。でも、まだ料理は増えてないですよ」

「そうか。そろそろメニューを追加した方がいいぞ。いい加減飽きてくる奴が出てくるから」

「考えておきます」

今日はやけに知り合いが多いな。というと、流れ的に……

カランッ、カラン。

「来ったよ～。モンフルヨーグルトお願いね」

カオルさんもやってきた。仕事モードではなく休日モードだな。

この後はお客がまばらになってきていたので、ルイスとズヤさんとカオルさんの三人と集まって話をした。ルイスは初めてモンフルヨーグルトを食べて、驚いた顔をしていた。

何気ない一日。仲の良い人たちが多く来ている以外、何もおかしくはない。

でもなんでだろうか……何かを忘れているような。

カタッ。

ポケットから何かが落ちた。

俺はその何かを拾う。小さな箱。その中には指輪が入っていた。

「そうだ、告白しないと」

思い出したかのように指輪を出して、エリを見る。

そして気づいてしまった。

「どうかしましたか？　ご主人様？」

エリが、俺の様子がおかしいことに気づいて近づいてくる。

エリの手が俺の体に触れた、指輪をつけた手が……

「ありえない。この世界はまやかしだ」

そう気づいた瞬間に世界が崩れる。目の前にいたエリの顔も崩れ落ちた。

一瞬、まぶしい光が走り、現実に引き戻された。

「ご主人様！！！！」

目覚(めざ)めた瞬間、目の前に剣が迫ってきていた。

剣を振り下ろしたおっさんと目が合う。その顔には驚愕(きょうがく)の表情が浮かんでいた。しかし、今はそれどころではない。

もう既に剣は振り下ろされている。避けるのは間に合わない。殺気を出すにも遅い。

それならばと、剣を手で受け止めた。痛みはない。剣の切れ味よりも俺の腕の方が頑丈だった。

身体強化を手に集中させて止めたのだ。これまでの練習のおかげで、一点に集中させるくらいならすぐにできる。どんな行動よりも早くできる。

眼帯の男が力を入れるが、剣はびくともしなかった。戻ってこれた……みたいだな。ここでやっと周りを確認することができた。なんとか襲いかかってきていた剣に反応できたが、もしあと少し遅かったら、俺は死んでいたかもしれない。

ここでおっさんは一度、俺から距離をとった。剣では切れないことがわかったので、そうしたのだろう。おっさんは俺を見て困惑の表情を浮かべていた。目覚めたことが予想外だったのだろう。

「どうして……目が覚めた。幻術はちゃんとかかっていたはずだぞ」

「まあ、かかってはいたな……もう不自然なくらいにな。いつもの風景にいつもの感覚。あそこまで表現されたら、幻術だなんてわかるはずもない」

「なら、どうやって抜けた」

「それは企業秘密だ。運が良かったと言っておこう」

偶然、ポケットには指輪が入っていた。

幻術は自分の理想を見せるのだろう。幻の中のエリは何故か指輪をつけていた。これが運じゃなかったら何だというのだ。

「運が良かった？　……それだけで見破(みやぶ)れるほど俺の魔眼は甘くないんだが……」

「それは残念だったな。よほど俺の運が良かったということだ」

「なら、もう一度かかれ‼」

おっさんが眼帯を外そうとする。だが、同じ手にかかってたまるか。

殺気のレベルを一段階上げる。コントロールがあまりできなくなるが、相手の動きが止まれば充分だ。眼帯に手をかけたところでおっさんの手が止まった。

レベルを一段階上げただけで殺気の威力はとても変わる。おっさんがどんなに強くても、限界というものがあるのだ。

「動かない……この、化け物……」

「化け物で悪かったな。お前が俺を怒らせたのが悪いんだ。俺はエリを守るためなら化け物にだってなってやる」

俺はおっさんの首を狙って手刀を放ち、気絶させた。

そのポケットを探って、エリに取り付けられている鎖のカギを探す。それはすぐに見つかった。

「エリ、今外すからな」

「は……はい」

鎖を外そうと近づいてエリの顔を見ると、真っ赤になっていた。苦しいのだろうか。早く取ってあげないとな。

鎖は結構複雑に作られていた。解錠(かいじょう)する箇所が五つもあって、そこを見つけるのも大変だった。それでも何とか、エリを解放することができた。

「エリ。大丈夫か？」

「はい、ありがとうございます。ご主人様」

顔はまだ少し赤いが、さっきよりも良くなっている。落ち着いたようだ。これなら大丈夫そうだな。

「ご主人様。私……謝らなくてはいけません」

シュンとした表情でエリが話を始める。耳もヘニャっと倒れていた。

「私が調子に乗ったせいで、ご主人様には大変ご迷惑をかけました。いつまで経ってもご主人様が私に手を出さなかったので、私は心配だったのです」

「……」

そりゃあ、まずは順序というものがあるだろう。奴隷だからといって簡単に手を出すなんて、俺にそんな真似はできない。

エリは可愛い。手を出さない方がおかしいくらいだ。手を出さなかった俺を褒めてほしい。

でも、今はちゃんと自分の気持ちに気づいている。

「どんなに頑張ってもすぐに逃げられてしまいました。お風呂に入ったのを見て一緒に入ろうとしたら逃げられ、布団にもぐり込もうとしたら厳重(げんじゅう)に部屋のカギがかかっていました。私に魅力が無かったからでしょうか」

そんなわけがない。しかし、逃げたのは確かだ。でもそれは断じてエリが可愛くなかったからではない。可愛いからこそ避けていたのだ。

「私は迷惑をかけるばかり……今回も、私があんなことをしなければ、ご主人様が店から出て行くことはなかったでしょう。それなら、こんな出来事は起きなかったはず……」

エリが俯(うつむ)く。涙目になっていた。

「私……ご主人様とは……もう……」

「エリ」

これ以上言わせてはいけないと思った。過去に起こったことは、もう誰にも変えることはできない。振り返ることも大切だが、今が一番大切なのだ。

そう、今の気持ち。これこそが一番大事だ。

「エリ……」

エリの体を引き寄せる。慰めるように頭を手で包みこんで優しく撫でる。

「エリは何も悪くない。俺はそんなこと一度も思ったことはない。それに何か起こっても、無事ならいいと思っている。だから、気にするな」

「でも……」

「でもじゃない。俺が良いと言っている。奴隷が逆らうな」

冗談めかしてそう言うと、エリは俺の胸で泣いた。不安や恐怖。そして安堵が一気に押し寄せてきたのか、たくさん泣いた。

俺は彼女を落ち着かせるために、黙って頭を撫で続けてあげる。それから少し経って、エリは泣き止んだ。涙が枯れたという言葉は、こういう時に使うのだろう。

エリの目は真っ赤になっている。俺の顔を見たエリは少し微笑んだ。

「もう大丈夫です。ありがとうございます」

そう言って離れようとした時、俺は彼女の手を掴んだ。

「ご主人様？」

俺の突然の行動に、エリは驚いた表情になる。俺は片膝を地面について、エリを見上げる形をとった。もちろん、手は握ったままだ。

「エリ。この世界の常識は知らないが、俺の記憶の中では、夫婦は薬指に同じ指輪をすることになっている」

ポケットから取り出したのは小さな箱。俺を助けてくれた物。俺はそれを開いて、中に入っていた物を取り出した。

「俺と……結婚してくれ。もし良かったら薬指にこれをつけてくれ」

取り出したのは指輪。赤い宝石が綺麗に光っている。それをエリの目の前に差し出す。

「……」

エリの目から、枯れたはずの涙がまた落ちた。

そして……

「はい‼」

今まで見た中で一番可愛い笑顔とともに、エリは指輪を薬指につけた。

この日……俺はエリと結婚した。

次の日、店はいつも通りに営業した。あんな事件があったのも関係なく、開くことにしたのだ。

新たにルミを店員に迎えての営業。少しおっちょこちょいなところがあるが、比較的頑張って接客してくれている。

あれから、眼帯のおっさんはギルドに引き渡した。これから取り調べをして裏を取るようだ。この後の仕事はギルドに一任した。もう関わりたくなかったからだ。

「ご主人様、オムレツ一つ、エビチリ一つ、サラダセットをお願いします」

「はいよ‼」

頼まれた注文を作る。今日も店は忙しい。

まだまだ、異世界には沢山の知らない食材がある。全部とはいかないが、なるべく多くの食材に出合い、食べていきたい。これが俺の異世界での過ごし方だ。

カランッカランッ。

また、お客様が入ってきた。

「いらっしゃいませ‼」

エリの声が店内に響く。

俺は今日も、異世界で創造の料理人してます。

番外編――エリの誕生日

いつものようにエリ・ルミと夕飯を食べていると、ルミがこんなことを言い始めた。

「店長たちの誕生日はいつニャ？」

誕生日、自分の歳が増える日だ。こちらに来てからあまり日にちは気にしていなかった。そもそもこの世界の人たち自体、日にちの認識があやふやなのだ。教会に行けば正確な日にちを聞くことができるが、あまり聞きに行く人はいないみたいだった。

「俺は九月の一二日だな」

今年で二一になる予定だ。近頃暑くなってきているし、もうすぐかもな。

「正確な日にちまでわかるニャんてすごいニャ。エリはどうかニャ？」

「私は八月です。日にちはわかりません」

日にちがあやふやであるため、誕生日は月で覚えているみたいだ。まあ、別にそれだって問題はない。

「ちなみに私は一一月ニャ。寒い時期の誕生日ニャ」

聞いてないのに答えるルミ。別に興味はないが、この会話も一応、コミュニケーションの一種だ。一緒に働くための儀式みたいなもの。ルミがいつも話を振るため、夕食が静かなことはない。静かでもそれはそれで俺は好きだが、こうして会話しながらの食事も嫌いではない。

夕食の時間はこうして楽しく過ぎていく。

食べ終わって片付けも済ませた後、エリがお風呂に入っている間、俺はリビングでくつろぎながら本を読む。お風呂に入る前にエリが淹れてくれたコーヒーを飲みながらそうしていると、ルミがリビングに入ってきた。

「店長、相談があるニャ」

ルミは俺と向き合うように座ってそう言う。いきなりだな。

「ん？　何だ？」

本に栞(しおり)をはさみながら聞く。相談に乗るのは別にいい。

「店長は誕生日に何を渡すのか決めたかニャ？」

「えっ？　何のことだ？」

突如、ルミがそんなことを言うので、俺は困惑する。確かに今日の夕食の時間に誕生日の話が出た。でも、それだけだったはず。

「店長……もしかして聞いてなかったのかニャ。誕生日、誕生日ニャ。今は七月ニャ。エリの誕生日までもうすぐなのニャ」

「ああ、それでか」

最近雨が続いていたが、どうやら異世界でも梅雨に入っていたらしい。つまり既に七月ぐらいだ。七月が終わったら八月。エリの誕生日になる。日にちが決まっていなくても、お祝いはするらしい。

「店長には呆れるニャ。自分の嫁さんの誕生日を無下にするなんて、マナーがなってないニャ」

「そこまで言わなくても……」

「全然ダメニャ。女の子はこういうのを気にするニャ。それに店長はこの調子だから気づいていニャいと思うけど、自分の誕生日を言っている時のエリは、ちらちら店長を見ていたニャ。これは気にしている証拠ニャ」

それは気づかなかった。エリの視線になんて、全然気づかなかった。

「だから、何のプレゼントを買うニャ？　やっとはじめの質問に戻ったニャ」

「プレゼントか……」

そう言われると中々悩む。自分が欲しい物はいくらでも出てくるのに、渡す物となると難しくなる。

「店長も悩むのかニャ。てっきりエリが欲しい物の一つや二つ知っていると思って相談したのにこれじゃあ意味ないニャ」

「ごめん」

そんなことを言われても、知らないことは知らないのだ。自分で考えるしかない。

ガチャリッ。

「シン様、上がりました」

ここで、お風呂に入っていたエリが帰ってきた。

「ルミ、とりあえずこの件は保留で。後で考えるから」

「わかったニャ」

俺が小声で言うと、ルミが立ち上がる。

「それじゃあ、私は寝るニャ。おやすみなさいニャ」

「ああ、おやすみ」

「おやすみなさい」

ルミが部屋から出て行ったのを見送って、俺は椅子から立ち上がる。

「それじゃあ、俺も風呂に入ってくる」

「シン様」

ルミが出て行った扉に向かって歩く俺を、エリが呼び止めた。

「何だ？」

「ルミとはさっき、何の話をされていたのでしょうか？」

「ああ、エリは気にするな。ちょっとした相談を受けていただけだ」

嘘は言っていない。本当のことも言ってはいないが。

エリは俺の言葉に可愛らしく首を傾げたのだった。


次の日。

いつも通りに店の営業を行ない、ピークを回していく。毎回毎回思うが、本当に人気になった。常に席が埋まっていて、外にも少し並んでいる。暇すぎるのも困るが、忙しすぎるのもどうかと思う。ありがたいのだが、少しは休憩もしたいと思うのは、人間だからだな。

少し時間がすぎてピークが終わり、やっとお客様も少なくなる。そして、店を閉めるギリギリの時間になると、最近は……

「まった来ったよ～」

「ごめんなさい。失礼しますね」

カオルさんとスズヤさんがやってくる。もう毎日みたいに来るもんだから、カオルさんのテンションにも慣れてきた。その分、スズヤさんの苦労もわかる。ギルドにいる時はあんなに真面目なのに、ギャップが激しすぎる。

「少し待ってください。店を閉めますので」

「ごめんなさい。シンさん迷惑をかけます」

「気にしないでください。スズヤさんもご苦労様です」

この言葉も来るたびに言っていたりする。スズヤさんの苦労が偲（しの）ばれる。

「エリ、ルミ、後はいつものように頼んだよ」

「わかったニャ」

「わかりました」

ある程度厨房内を片付け終えた俺は、コーヒーを三杯注いで、スズヤさんたちのもとに向かった。スズヤさんたちはいつも窓際（まどぎわ）のテーブル席に座っており、俺もそこに座った。

「お待たせしました。はい、サービスのコーヒーです」

「お疲れ様、もらいますね」

「遠慮なくもらうわ」

慣れた手つきで、二人はコーヒーに砂糖とミルクを入れて飲む。俺もひと口飲んでほっと息をつく。いつもなら、スズヤさんたちと最近の出来事について話をするのだが、今回は違う。

「スズヤさん、カオルさん、ちょっと相談がありまして」

そう、誕生日プレゼントの相談相手になってもらうのだ。女性である彼女たちの意見が聞きたかった。

「何々？　エッチな相談？　エッチな」

「もうカオル、落ち着きなさい。そんなわけないでしょ。シンさん、相談は何ですか？」

悪乗りするカオルを落ち着かせて聞いてくるスズヤさん。

「簡単な相談なんですが……実は誕生日プレゼントについてなんです。もうすぐエリの誕生日みたいで、何をあげればいいか女性の意見が聞きたくて」

「誕生日プレゼントですか」

「はい。できれば、ここからは少し声を落としてくださいね。エリに聞かれるとサプライズにならないので」

「わかりました。相談に乗ります」

顔を極力近づけて、必要最低限の声で話す。スズヤさんの顔を近くで見ると、可愛らしくてとても美人だ。

「小さな声でしゃべるにしても近すぎじゃないですかね、お二人さん」

そんな俺たちにカオルさんから冷やかしを入れられ、お互い少し顔を赤くして離れた。

うん、確かに近すぎたな。別にエリに聞こえなかったらいいのだ。そんなに近づく必要は無かった。

「……それじゃあ気を取り直して考えましょう。何を渡すのかを悩んでいるのですよね？　好きなものとかはわかりませんか？」

「それがわかったら苦労はしません」

「そうですか……」

エリが欲しい物っていったいなんだろうか？　好物なら知っているけど、欲しい物は知らない。

「イヤリングやネックレス、ブレスレットなどはどうでしょうか？　あまりつけているところを見たことがありませんので」

「それは店の方針でそうしているだけです。異物混入の原因になりやすいので、つけないように言っています」

指輪？　あれは特例だ。そのぐらいは大丈夫だと思う。

「困ったな……」

「困りましたね……」

俺とスズヤさんは悩みながら、何があるか考える。候補が沢山あって決めきれない。

やっぱり好きなものを知らないことが大きかった。それさえわかればな……

ふと、いつもおしゃべりなカオルさんに目を向ける。やたら静かになっていて気になったのだ。そのカオルさんは、俺とスズヤさんをジーッと見ていた。

「あの……カオルさん？」

「何を悩んでいるの？」

「えっ？」

「誕生日プレゼントなんて決まっているじゃない」

恐る恐る声をかけるとそんなことを言われた。決まっている、だって？　なんだ？

「カオル……ふざけてるんじゃないよね？」

「もちろんよ。真面目に考えて、渡すものなんて一つしかないじゃない」

はっきりと言われ、ますますわからなくなる。スズヤさんが確認したように、別にふざけているわけではないみたいだし。

「それはなんですか？」

「わからないの？　エリカも？」

スズヤさんも頭を横に振る。それを見たカオルさんはやれやれと言いたげな仕草をした。

「二人にはわからないのね……盲点（もうてん）って言うのかしら。仕方がないわ、私が教えてあげる」

ちょっとだけイラッとしたが、まあ、これはいつものことなので気にしない。それよりもプレゼントだ。

「シンさんがエリに渡すべきプレゼントは……」

「プレゼントは……」

「料理よ‼」

一瞬ぽかんとしてしまった。しかし、すぐに我に返る。

「シンさんは料理人でしょ？　それならいつもと違った特別な料理を作ればいいのよ」

確かに一理あるプレゼントだ。料理人だからこそ見落としていた。それにエリは食べることが大好きだ。それは知っている。なら、そのプレゼントは悪くない。

「いいと……思いますよ」

スズヤさんも納得した感じだ。となると、文句無しだな。

「じゃあ、プレゼントは料理の提供ということで」

俺からの誕生日プレゼントが決まった。そしたら、何の料理を作るのか決めないといけないな。これは自分で考えて決めるとしよう。

その後は誕生日プレゼントから離れた話を少しして、解散となった。帰り際、二人も誕生日会に呼ぶ約束をした。祝ってくれる人は多い方がいいしな。

誕生日会当日は店休日だった。

エリは現在、ルミと買い物に行ってもらっている。ルミにはあらかじめ、料理をプレゼントとして出すことを伝え、なるべく時間をかけるようにと言ってあった。二人がいないうちに、さっさと準備を済ませてしまうとしよう。

今回作ろうとしているのは、ちょっとした本格的な西洋料理だ。めでたい日だし、食材には鯛を使う。「真鯛の海老入り帆立貝ムースの詰め物・白ワインソース掛け」だ。簡単に説明すると、海老入りの帆立貝ムースを作り、真鯛の身でそのムースをはさんで蒸したものになる。それに白ワインソースをかけて食べる。では、作ろう。

まずは材料と盛り付けに使うものの下処理をしていく。

オクラを塩でもんで毛を取る。オクラの上部の固い部分の皮を剥いて湯がき、半分に切る、これが飾り付け用だ。

　次にブロッコリー。固いところは取り、茎を尖らせて切る。その後で湯がく。これも飾り付け用だ。

　鍋に水・塩・白ワインビネガー・酢を入れて沸かす。沸いたら海老を入れてしっかり湯がき、湯がき終わったら一度海老を取り出す。湯がいたお湯をボウルに取り、氷水を当て冷やし、再度海老を入れる。こうすることで味が染み込むと同時に海老にほんのりと匂いがつく。

　次はほうれん草を湯がく。茎から入れていって、均等に火が通るようにする。その後氷水で冷やす。

　次にトマトを湯むきする。湯むきの仕方は簡単で、トマトの先端に十字の切れ込みを入れて、お玉に載せた状態で湯の中に入れて数秒湯がく。その後にすぐに冷水につけると皮が剥ける。湯むきしたら、皮の方をサイの目に切る。中身の方は別に取っておく。

　続いて帆立貝ムースの準備に入る。

　まずは帆立の口となる固い部分を取る。フードプロセッサーに帆立、卵白、白ワインを入れて混ぜ、すり身を作る。出来たすり身を漉しきでしっかりと漉す。これにより舌触りが良くなるのだ。

生クリームを五分立て（ごぶだ）ぐらいで用意する。五分立てを見分ける目安は、泡だて器を持ち上げるとたらたらと流れ落ち、跡（あと）が残らないくらいだ。後が残ると八分立てに近くなる。この場合はケーキなどに使う。

その生クリームを先ほど漉したすり身と混ぜ合わせる。混ぜ終わったら、その中にトマトの皮と、下処理をしてあった海老をこちらもサイの目に切って入れて混ぜる。これでムースが完成だ。

次に真鯛を捌く（さば）。三枚に卸（おろ）したら腹骨（はらぼね）をすいて半分に切り、腹と背に分ける。真ん中の骨は腹の方につけて切り、その後切り取る。腹の方は皮をはぎ、背の方は皮を残す。これは、盛り付け時に腹の方が下に、背の方が上に来るため、見栄えを良くするためにあえて背の方は皮を残す。そして腹と背をどちらも四等分に切る。大きさを合わせるように切ること。

バットを用意してそこに塩・胡椒を振っておき、そこに腹の方を置く。その上にムースを載せて、背の方ではさむ。後はこれを蒸し器で蒸したら完成となる。蒸し器の温度は八九度が目安だ。

蒸してる間に白ワインソースを作る。

まずはソースパン（柄のついた小型の深鍋（ふかなべ））にバターを入れて溶かす。エシャロットを入れてシュエする。シュエ（Sue）とは西洋の調理言語で、材料が持っている水分を使い、汗をかかせるようにゆっくりと火を通す、という意味を持つ。日本で言うと、玉ねぎなどを飴色に炒めるのと同じ意味だ。

シュエしたら白ワインを入れて温める。温めたらフュメ・ド・ポワソン（西洋料理で主に魚介料理に用いられるだし汁）を入れて、エシャロットに味を通していく。その後、エシャロットを漉して取り除く。

だし汁を煮詰めていきドロドロになってきたら、生クリームを加えて混ぜる。ブクブクとなるまで再び煮詰めたら、セリフィール・ディル・あさつき・トマト（これは先ほど湯むきしたものの中身の方）を入れて混ぜ、塩で味を整える。これでソースも完成だ。

後は、蒸した魚を皿に盛り、ソースをかけて上にイクラを載せ、ブロッコリーとオクラを飾ったら出来上がり。我ながら上手に盛り付けられた。

カランカランッ。

「手伝いに来ったよ～」

「手伝いに来ました」

このタイミングで、カオルさんとスズヤさんが来てくれた。ありがたい。

「ありがとうございます。では、早速ですが、料理を運んでもらってもいいですか？　部屋の飾りつけもお願いしたいです」

「おお～、とても美味しそうな料理ですね」

「食べないでくださいね。まずはエリに食べてもらうんですから」

「わかってます」

この後、俺たちはエリが帰って来る前に終わらせるべく、急ピッチで飾りつけに取りかかった。


――――――


今朝、私はシン様から買い物を頼まれました。店は休みで、今日は何をしようかと悩んでいたところでしたので、ありがたかったです。シン様も一緒に行きませんか？　と聞いてみたら、今日は用事があるからと断（ことわ）られてしまいました。その代わりに何故かルミさんが一緒についてくることになり、今はその買い物中です。

「それで店長は何を買ってくるように言ってたかニャ？」

「えーと、調味料がほとんどですね」

渡されたメモに目を通しながら答えます。調味料なら、シン様だったら魔法で簡単に取り出すことができるのに、どういった風の吹き回しでしょうか？　少し疑問に思ってしまいました。

そうしているうちに店に着き、中に入って必要なものを探していきます。運良く、メモに書いてあったものは全部揃っていました。

「店長……もう少し考えてほしいニャ。このままではすぐに帰ってしまうニャ」

「ルミさん？　何か言いました？」

「何も言ってないニャ」

何か聞こえたような気がしたのですが、気のせいでしょうか？　それは置いておいて、さっさと帰るとしましょう。別に暇でも、私はシン様といるだけで良いのです。

「ちょっとエリ、待つニャ。少し寄り道をしないかニャ」

お会計を済ませて帰ろうとすると、ルミさんがそんなことを言い始めました。それに私は少しムッとします。

「何でですか。買い物は終わりましたよ？」

「いいニャ。寄り道もたまには必要ニャ。それにエリにも損はさせないニャ」

「何かあるのですか？」

「それは行ってのお楽しみニャ」

そんなことを言われますと、少し気になってしまいます。買い物も早めに終わってしまいましたので、そのぐらいならいいかもしれません。

「わかりました。寄り道をしましょう」

「わかったニャ。ついてくるニャ」

ルミさんに連れられて街の中を少し歩くと、あるお店の前に着きました。看板からして、アクセサリーショップのようです。

「ここは？」

「アクセサリーショップだニャ」

「それはわかります。どうしてここなのですか？」

「よく聞いてくれたニャ。ここはある特別な物が売られているアクセサリーショップなんだニャ。そのアクセサリーがエリに関係する物なんだニャ」

いったいどんなアクセサリーなのでしょうか？　少し興味が出てきました。

「興味があるみたいだニャ。それなら教えるニャ。ここに売られているアクセサリーは、夫婦円満になるブレスレットニャ」

ピクリと私の耳が動きました。これは……

「そのブレスレットは二つで一つの商品で、いわゆるペアアクセサリーなんだニャ。興味はないかニャ？」

「……」

ガチャリッ。

「早く入りますよ」

私はすぐさま店の扉を開けたのでした。

………

「はー。失敗してしまいました」

店を出た私はそう呟きました。もっとシン様と仲良くなりたい気持ちはもちろんのこと、ペアアクセサリーという言葉の魅力のせいで、勢いに任せて店に入ってしまいました。お目当ての品はすぐに見つかり、すぐに買って帰ろうとしたのですが……何と種類がとても多かったのです。

色は言わずもがな、模様(もよう)の違うものもたくさん並んでいました。いろいろ見て回り、こっちもいい、あっちもいいと見ていると、いつの間にか結構な時間が経っていました。そのため一番気になったものを買うことに決めて手に取ったのですが、問題はお金でした。今の手持ちでは足りなかったのです。これでは結局時間を無駄にしただけです。

「そんな落ちこまないのニャ。私のせいでもあるし、一緒に謝るから元気出すニャ」

ルミが慰めてくれますが、こんなに遅く帰ったら怒られるかもしれないと思うと、少し憂鬱(ゆううつ)になります。シン様は、別に早く帰ってこいとは言っていませんでしたので、大丈夫だとは思いますが……少し心配です。そしてとうとう店の前に着いてしまいました。

「大丈夫ニャ。中に入るニャ」

ルミさんは怯(おび)えることなく中に入っていきます。私も一度深呼吸をして、意を決してから中に入りました。するとそこには……

パンッ、パンッパンッ‼

「「「誕生日おめでとう！！！」」」

シン様たちが揃って立っていました。

「さあ、エリ。こっちにおいで」

私は一瞬ぽかんとしましたが、シン様の言葉で我に返ります。

「あの……これは？」

「エリの誕生日会。エリが買い物に行っているうちに準備をしていたんだ」

先に入っていったルミさんを見ると、してやったりという顔で笑っています。これは騙(だま)されました。

「さあ、エリ。食事にしよう。俺のプレゼントは料理にしたんだ。食べてくれ」

シン様にエスコートされてテーブルにつきます。目の前には、白いソースがかかったきれいな食べ物が並べられていました。夕飯の時に食べるものとは違う、ちょっとおしゃれな料理です。私が椅子に座ると、皆さんも席につきます。

「それじゃあ、改めましてエリ、誕生日おめでとう」

「「おめでとう」」

「ありがとうございます」

「こうして誕生日会を開きましたので、楽しく過ごしましょう。メインの料理以外にもたくさん作ったのでどんどん食べてください。それじゃあ、乾杯!!」

「「乾杯！！！」」

近くにあったグラスを掲げます。中身はお酒じゃなくて、どうやらジュースみたいでした。シン様は私がまだ未成年だからと言って飲ませてくれません。でも、今回で一つ歳が近づいたということですね。私はジュースに軽く口をつけてから、目の前に置かれた料理に手を出します。シン様の誕生日プレゼントです。見た感じ、魚の料理みたいですね。

フォークとナイフを使い、ひと口サイズに切ってソースを絡めます。

口に入れると、濃厚なソースが舌に広がり、魚の美味しさが引き立ちます。魚にはさまったすり身の舌ざわりも良く、違和感なく口の中に味が広がりました。何より、口から鼻を通っていく香りが何とも言えず快く、二口、三口と止まらずに食べ続けます。シン様はそんな私の様子を見て、満足したように笑っていました。

あっという間に完食して余韻を堪能していると、スズヤさんが私の横に来ました。

「はい、これ。誕生日プレゼント」

スズヤさんからプレゼントをいただきました。ミサンガです。

「そのミサンガはお守りだよ。冒険者は常に危険と隣合わせだからね。身につけておいて。きっと守ってくれるから」

「ありがとうございます」

早速、足首にミサンガをつけてみます。小さなミサンガですが、AランクのスズヤさんからもらったAお守りです。ご利益がある気がします。

「次は私ね。はい、これ」

スズヤさんの次はカオルさんです。カオルさんがくれたのは、きれいなワンピースでした。

「メイド服もいいけど、たまにはオシャレをしないとね。可愛くなってシンさんをドキドキさせないと」

「あ……ありがとうございます」

着こなせる自信がありませんが、シン様をドキドキさせることができるなら着ようと思います。

「最後は私ニャ。じゃじゃーん、これニャ」

「こ……これは」

ルミからはブレスレットを渡されました。このブレスレットは……

「驚いたかニャ？　さっきの店のブレスレットニャ。欲しいものがわからなかったから利用させてもらったニャ」

「ありがとうございます」

二つのうちの一つを身につけるものです。もう一つは後でシン様に渡すとしましょう。これで私とシン様は夫婦円満間違いなしです。

これで、プレゼントは全てですね。シン様からは料理をいただいていますので。

「エリ」

そんなことを考えていると、いつの間にかシン様が近くに来ていました。あれ？　もうプレゼントはいただいたのに、何かあるのでしょうか？

「シン様。どうしましたか？」

「少し目を閉じてもらってもいいかな」

「はい」

私は言われるままに目を閉じます。いったい何が……

その時、唇に柔らかい感触がありました。それはすぐさまに離れます。私がおそるおそる目を開けると目の前にはシン様の顔が。これって……

「アツアツだニャ」

「アツアツですね」

ルミとカオルさんがそうはやし立てます。スズヤさんだけは少し頬を赤くしたまま、何も言いません。

「別に……俺だけ料理を出して、はい終わり、というのはどうかと思ったからな」

頬をかきながら顔を赤くしてそう言うシン様。私は唇を少し触って今の感触を思い出し、さらにシン様を見てクスリッと笑ってしまいました。

「あぁ、終わり終わり。プレゼント企画は終わりだ。後は食べて飲もう」

シン様はそう言いながら離れていきます。私の誕生日会はもう少し続くようです。

皆さんには言えません。一番嬉しかったプレゼントはシン様のキスだったということは、私だけの秘密です。

あとがき

皆さんこんにちは、作者の舞風慎です。

あとがきの執筆も小説の書籍化も本作が初めてなもので、至らない点も多々あるかと存じますが、どうぞ温かい目でお読みいただけますと幸いです。

さて、まずは最初にこの小説を書こうとした動機について少し触れたいと思います。それは、自分が実生活の中で調理師を目指して勉強していた時、調理技術を絡めた小説が書きたい、多くの人に知ってもらいたいという思いからでした。

本作に登場する料理のレシピは、様々な資料を参考にしておりますが、その大本は私が高校時代に調理師免許を取得するために学校で習ったことを纏めた約四冊分の調理ノートに寄っています。

このノートは、調理の基礎(きそ)から和、洋、中とジャンル分けされており、自分の三年間が凝縮された、謂(い)わば記念すべき人生の歩み本とも言えるものです。

調理一筋だった私が、こうして自分の小説を世に送り出すことができたのは、たくさんの読者の皆さんの応援と励ましのおかげです。この場を借りて、厚くお礼を申し上げます。

　また、これは反省点の一つなのですが、作品の執筆当初は登場人物の特徴を明確に決めていませんでした。そのため、書籍化の際にキャラのビジュアル面では苦労した覚えがあります。

　そんな中、作品のイラストを担当してくださった久米様には、急遽決まったこちらのリクエストを見事に反映させた素晴らしい絵を描いていただきました。特に、狐族の獣人であるヒロインのエリは本当に可愛らしく、とても気に入っております。

　彼女は主人公のシンに思いを寄せる、私の趣味全開のヒロインとして誕生しました。異世界転生モノは主にハーレム系が多い印象がありますが、一人のヒロインが主人公を一途（いちず）に愛する作品があってもいいと思うんです。従って、この本には様々な女性キャラが登場するものの、本当の意味でのヒロインはエリ一人と決めています。

　第一巻は、シンとエリとの出会いから、異世界料理を絡めた紆余曲折（うよきょくせつ）を経て、彼らが付き合うまでを描きました。もどかしくも、初々（ういうい）しい彼らの関係が伝われば嬉しいです。

　最後になりますが、この本にかかわってくださった皆様に心より感謝いたします。

　それでは皆様、次の巻でも是非、お会いしましょう。

二〇一九年十二月　舞風慎

アルファライト文庫

この作品に対する皆様のご意見・ご感想をお待ちしております。

おハガキ・お手紙は以下の宛先にお送りください。

【宛先】

〒150-6005 東京都渋谷区恵比寿 4-20-3 恵比寿ｶﾞｰﾃﾞﾝﾌﾟﾚｲｽﾀﾜｰ 5F
(株) アルファポリス　書籍感想係

ご感想はこちらから

メールフォームでのご意見・ご感想は右のＱＲコードから、
あるいは以下のワードで検索をかけてください。

本書は、2017年7月当社より単行本として
刊行されたものを文庫化したものです。

異世界で創造の料理人してます 1

舞風慎（まいかぜしん）

2020年 1月 24日初版発行

文庫編集－中野大樹／篠木歩
編集長－太田鉄平
発行者－梶本雄介
発行所－株式会社アルファポリス
〒150-6005東京都渋谷区恵比寿4-20-3恵比寿ガーデンプレイスタワー5F
TEL 03-6277-1601（営業） 03-6277-1602（編集）
URL https://www.alphapolis.co.jp/
発売元－株式会社星雲社
〒112-0005東京都文京区水道1-3-30
TEL 03-3868-3275
装丁・本文イラスト－人米
文庫デザイン—AFTERGLOW
（レーベルフォーマットデザイン－ansyyqdesign）
印刷－株式会社暁印刷

価格はカバーに表示されてあります。

落丁乱丁の場合はアルファポリスまでご連絡ください。

送料は小社負担でお取り替えします。


ISBN978-4-434-26751-2 C0193